Mario Benedetti

Primavera con una esquina rota

破角的春天

[乌拉圭]马里奥·贝内德蒂 著

欧阳石晓 译

作家出版社

马里奥·贝内德蒂　　　摄影：Eduardo Longoni

作为乌拉圭驻华大使，我非常荣幸地向大家介绍著名的乌拉圭作家和诗人马里奥·贝内德蒂撰写的《破角的春天》。马里奥·贝内德蒂曾获十一项国际大奖，其中包括索菲亚王后拉丁美洲诗歌奖。

今年是马里奥·贝内德蒂一百周年诞辰，也是对乌拉圭民族文化极其重要的一年。贝内德蒂为乌拉圭文学和世界文学做出了巨大贡献，他的作品是乌拉圭的真实写照。

在此，特别感谢作家出版社一直致力于在中国宣传乌拉圭文化和拉美文化，使我们的文学作品被更多中国人所了解。同时还要感谢译者欧阳石晓女士，为我们呈现如此优秀的作品。

下面让我们一起欣赏贝内德蒂的作品。

费尔南多·卢格里斯

乌拉圭驻华大使

马里奥·贝内德蒂：
"我们活着，仿佛不死之身……"

奥滕西娅·坎帕内拉[*]

生　平

马里奥·贝内德蒂于 1920 年 9 月 14 日出生于帕索德罗斯托罗斯（Paso de los Toros），一座距离乌拉圭首都蒙得维的亚三百公里的小城市。

举家迁往蒙得维的亚后，在祖父（为改良一间乌拉圭酒窖而从意大利移民而来的酿酒师）和曾研读化学的父亲的影响下，贝内德蒂进入深受科学家推崇的德文学校就读。然而，当他还是个孩子时，就对文学情有独钟。

贝内德蒂很小就学会了阅读，在德文学校便开始了写作，

---

* 奥滕西娅·坎帕内拉是马里奥·贝内德蒂基金会主席，传记《马里奥·贝内德蒂：一个最谨慎的传奇》（*Mario Benedetti: un mito discretísimo*）的作者。

1

学习刻苦。尽管纳粹主义的到来导致他只在那里念完了六年小学，但这段经历不仅令他掌握了一门语言，还对他性格的形成起到了十分重要的作用。

家中拮据的经济状况让贝内德蒂在中学读到一半时就不得不立即参加工作，多年来从事过的行业不胜枚举。只有当他的名字广为人知、作品在乌拉圭成为畅销书后，他才能够专职写作——尽管记者的工作也是他谋生的手段之一。从年轻时起，活力、智识层面上的好奇心和拓展眼界的欲望，都使他热烈地生活着。

他做访谈，撰写旅行笔记和评论文章，同时也担任过著名的《前进》(Marcha)周刊的文学主编。随着时间的流逝，他将更多精力投入到文学中，创办了哈瓦那美洲之家文学研究中心，并曾任教于乌拉圭共和国大学人文系。

在与终生伴侣露丝·洛佩兹·阿莱格雷结婚后，贝内德蒂频繁地旅行，但政治立场和乌拉圭独裁统治的到来却成为了他背井离乡的原因，辗转于多个被他称作"替补祖国"的地方生活：先是后来因收到死亡威胁而逃离的阿根廷，之后是秘鲁、古巴，最后到了西班牙，在那里一直生活到乌拉圭独裁统治结束，并将西班牙的临时住宅几乎保留到了生命的最后。

贝内德蒂严肃且公正对待的文学评论工作、和蔼可亲的性格，使他与拉丁美洲和欧洲的许多作家建立了友谊。而政治斗争和对左翼思想的表达，也为他招致了无法将文学与政治区别对待的人们的憎恨以及对其作品的不公正评价。

贝内德蒂的文学产出十分惊人，一生共创作了超过九十部作品，并以不同的强度涉及了几乎所有体裁。如果说作为小说家和诗人的贝内德蒂广受赞誉，那么他作为文学评论家的身份则并未得到应有的认可。即便如此，在西班牙语世界的各个角落和超越语言边界之处，贝内德蒂的作品所激起的欣赏、爱意甚至崇敬，仍然令他成为了一位非凡的人物。他的诗歌不仅影响了年轻的诗人，更改变了众多读者的生活，这是许多作家所渴望达到的境界。从很早开始，贝内德蒂就渴望与读者建立一种深刻的交流，在成功实现了这一点后，他获得的不仅是赞誉，更在普通人心中留下了永久的印记。

从 2003 年开始折磨妻子的重病，令贝内德蒂无法离开心爱的城市蒙得维的亚，露丝离世后，他依然在那里生活，直到 2009 年 5 月 17 日去世。

作　品

诗人、小说家、散文家，马里奥·贝内德蒂一直以来都将自己视为乌拉圭人和拉丁美洲人。从童年起，在他对文学的热爱萌芽之时，乌拉圭首都蒙得维的亚便成为了他天然的创作背景，他作品中的舞台，以及他笔下人物存在的理由。贝内德蒂经历了二十世纪上半叶乌拉圭的和平时代，通过描述蒙得维的亚小资产阶级的平庸和苦闷，成为了枯燥日常的记录者。他的《办公室的诗》（*Poemas de la oficina*，1956）将日常生活、中产阶级和城市语境引入诗歌，彻底改变了拉普拉塔河两岸的文学氛围。短篇小说集《蒙得维的亚人》（*Montevideanos*，1959）和长篇小说《休战》（*La tregua*，1960）更是让这一革命性的改变发扬光大，后者是他在国际上最知名的作品之一。

他对文学怀有强烈的热爱，从孩提时代就开始写作，尽管健康状况很不稳定，直到生命的最后都一直饱受哮喘的折磨。成为像自己崇拜的作家——先是阿根廷诗人巴多梅罗·费南德兹·莫雷诺（Baldomero Fernández Moreno），然后是西班牙诗人安东尼奥·马查多（Antonio Machado）——那样的诗人，于别人而言这或许只是愿望，但对他来说却是钢铁一般的决心和"顿悟"。

正因为此，他获得了一种代价昂贵但却充满活力的信念，正如《日常集》（*Cotidianas*）中某首诗所言：需要"像捍卫战壕一样"、"像捍卫原则一样"、"像捍卫旗帜一样"、"像捍卫命运一样"、"像捍卫信念一样"、"像捍卫权利一样"捍卫快乐。这种在他的生活和作品中建立的信念，是作品与创作者之间所存在的非凡一致性的又一佐证。

我们知道，贝内德蒂把青春奉献给了写作，但也奉献给了阅读和研究外国文学。为了用原文阅读，他运用所学的德语，并学习了其他外语。由于工作时间过长，他无法常常参加文学聚谈，但逐渐结识了一些后来将成为杂志社——最初是大学杂志《转向》（*Clinamen*），接着是由他本人创办的《边缘之地》（*Marginalia*），最后加入了在乌拉圭文学界影响深远的《数字》（*Número*）——同事的人。

贝内德蒂对知识有着广泛的好奇心。在结识了与自己相守一生的露丝·洛佩兹·阿莱格雷和她的父亲（一位受人尊敬的画家）之后，马里奥开始对造型艺术产生兴趣。这种兴趣——尤其是对绘画的喜爱——将持续终生。他与雷内·波托卡雷罗（René Portocarrero）、何塞·加马拉（José Gamarra）、安东尼奥·弗拉斯科尼（Antonio Frasconi）、马里亚诺·罗德里格斯（Mariano Rodríguez）和比森特·马丁（Vicente Martín）等各国艺术家成为了朋友，一生收藏了数量不多却很美的作品。

二十世纪中叶向我们呈现的是一个生活拮据、新婚燕尔、全身心投入于文学之中的贝内德蒂。他撰写评论文章，创作短篇小说，但写得更多的是诗歌———一直以来，他都认为自己首先是个诗人。在贝内德蒂看来，诗句是实现他想要与读者交流这一伟大的生命和文学目标的最佳工具之一。他曾说过："我写作不是为了吸引更多的读者，而是为了让身边的读者读懂我的生活。"

终其一生，贝内德蒂都这样做的，因而走近了一代又一代刚刚接触文学的年轻人。但最值得一提的是，贝内德蒂不仅留在了他们的灵魂之中，也留在了他们不再年轻时的阅读中。正因为此，贝内德蒂的国际影响让他的作品被译成了非常多的语言——据我们所知，有近三十种。

贝内德蒂逐渐开始以评论家的身份获得了一些奖项，其中一部在一项散文比赛中获奖的作品，有着一个对不远的未来非常重要的题目：《当代西班牙语美洲文学中的扎根与逃避》。从那时起，我们可以指出一种根本性的特征，即对待生活的态度与创作方向之间的一致性。这种一致性并非意味着因循守旧，而是人类同其所在语境之间展开的和谐对话，以及与一段丰富、有争议性、激荡的人生的相通之处。正因如此，我们可以在不让事先选取的表达工具决定自己会找到什么的前提之下，来研究他作品中出现的宏大主题。正是生活、思想和情感的变化，激发了某些主题的创作灵感。

基于这种一部分出于主动选择、一部分是发生在他身上的生活，有一种力量贯穿了贝内德蒂所有的作品：承诺，不仅仅是政治承诺，更是社会和情感的承诺。

马里奥·贝内德蒂曾在一首诗中提到"良知的暂时安宁"，这是他做人和作为作家的前提。在此基础之上，他对作品的构思基于人和创作者与其所处环境的持续对话，同时也经过了自身反思与原则的筛选。在欣赏贝内德蒂作品的过程中，人们会认出自己。从年轻时开始，贝内德蒂便感到最重要的承诺是作为公民的承诺：人类应该感到社会政治的变化是与自身相关的，而如果公民是一位作家，那么他的政治关怀便可能在作品中得以反映，尤其是在生命中某些特定的阶段。

这种关怀，无疑是贝内德蒂政治立场和美学决策的基础。这一点在他1965年出版《近旁的他人》（*Próximo prójimo*）一书时便展现无遗：在同名的诗中，他引用了安东尼奥·马查多的诗句："在生死关头，永远／应当与最近处的他人站在一起"。这种博爱的情怀，对与自己平等之人的关注，对身边人的关心，几乎存在于贝内德蒂所有的作品之中，在诗歌中则表现得尤为明显。而这也将成为其作品传播的关键：作者面对他人／读者进行交流，正如在访谈录《交流的诗人》（*Los poetas comunicantes*，1972）的序言中所提到的那样，贝内德蒂对那些关注"抵达读者，既将读者纳入他的探索和长途跋涉，也让他们参与他的艰苦生活"的作家的仰慕并非徒劳。作家的这一发现有其具体的时代背景——那段暴力和斗争的岁月，然而那段岁月却毫无疑问是贝内德蒂那一代人的标志。正如他所说的，拉丁美洲作家"不能朝现实关上门，如果天真地试图把它关在门外，也不过是白费力气，因为现实会从窗户跳进来"。

贝内德蒂评论工作的载体之一是久负盛名的《数字》杂志——后来也发展成了一家出版社，撰稿人中不乏如埃米尔·罗德里格斯·莫内加尔（Emir Rodríguez Monegal）、曼努埃尔·克拉普斯（Manuel Claps）、伊德雅·比拉里尼奥（Idea Vilariño）等当时已举足轻重的名字。贝内德蒂与这些在上世纪中叶熠熠生辉的作家一起，共同组成了"四五一代"——由于智识方面的诉求，他们也被称为"批判的一代"。

贝内德蒂曾经从以下角度来分析"四五一代":"我认为这与揭示乌拉圭和拉丁美洲主题的工作有关。如果独立看待其中的每一个人,那么的确有许多不同的风格,以及截然不同的艺术呈现方式,但在我看来,存在着一个唯一的共同特征,即批判精神。我认为这一点对乌拉圭文化是有益的。"尽管表明了这一态度,但后来被收录在《观点练习》(*El ejercicio del criterio*,1995 最终版)中的大量评论文章——用他所崇敬的何塞·马蒂的话来说——却展现出了具有建设性的调性,以及根据他的喜好所作出的选择。

作为记者、现实的分析者和幽默作家,贝内德蒂的工作则非常不同——素来尖锐、犀利,但有时也因对讽刺的睿智使用而堪称残忍。他见于报端的辩论颇为著名,尤其是流亡西班牙时期发表在《国家报》(*El País*)上的文章。

马里奥·贝内德蒂终其一生都保持着开放的态度、对待出生于不同年代的人们的慷慨、敏锐的批判性鉴赏能力,这让他想要结识——有时候也会帮助——文学界的年轻人和不那么年轻的人。他的这种兴趣不仅限于文学界,也包括民间音乐、电影和戏剧等领域。

短篇小说

《短篇小说全集》(*Cuentos completos*)中收录的作品,汇集了作者在 1947 年至 1994 年间出版的六部作品中的超过一百二十个文本。无论是从主题、篇幅还是结构上而言，这本全集都可能是最为多元化的，并且始终考虑到一种存在于写作首要决定之中的秘密的统一。

通过贝内德蒂的阅读，我们可以发现他对著名短篇小说家的偏爱：契诃夫的氛围，莫泊桑或乌拉圭作家基罗加的结尾，而在他对对话的纯熟驾驭背后则是对海明威的钦佩。

贝内德蒂曾数次解释过他创作长篇小说的间隔为何如此之长，尤其是在《胡安·安赫尔的生日》(*El cumpleaños de Juan Ángel*，1971) 之后，身处流亡的动荡之中，他既没有充裕的时间，也难以将精力集中在长篇小说所需的"创造一个世界"之上。因此，诗歌和短篇小说是更符合他当时生活状况的表达方式。

重要的不是篇幅的长短，而是每种体裁的出发点和终点。正如他在早期的杂文《三种叙事类型》("Tres géneros narrativos"，1953) 中所提到的，"短篇小说一直以来都是现实的横截面"。即使故事再简短，贝内德蒂也总是能够在情景或对话中制造张力，用精简恰当的细节传达出氛围和冲突。因为归根到底，短篇小说留下的深刻印记呈现出了这个世界既温暖又悲观的一面，特别是居于其间的人们——心怀疑虑，不无卑鄙，但同时也有着充满爱与团结、不乏幽默感的相遇。

《休战》(*La tregua*)

出版于 1960 年的《休战》无疑是贝内德蒂最受读者欢迎、被翻译次数最多的小说，它曾被改编成电影、戏剧和电视剧，虽然朴实无华，却令人难以忘怀。在这个短小的文本中，出现了令所有当代人关心、动容的主题和情感：孤独与疏离，爱与性，幸福与死亡，代际冲突，伦理观，政治问题等。正如作者本人所言，"《休战》在正当情感与做作的边缘游走"。它的谦恭和先验性，证明了一部看似地方性的作品同样可以触碰到最遥远的情感共鸣。

《休战》是在一份令人精疲力竭的行政工作中利用午休时间写成的。作者为叙述者选择的私人日记这一独特视角，有利于直接分析主人公的感受，反映他的孤独；而对家庭、办公室等微观宇宙的第一人称描述，也有助于制造个体与乌拉圭社会之间的双重距离感。

爱情毫无疑问是贝内德蒂作品的中坚力量。在《休战》中，爱情以个体冒险的形式出现，带来了希望，却因为外在原因而失败，再次中断了与生活的和解。意识到自己生活平庸无奇的中年男人桑多梅，在年龄几乎比自己小一半的阿贝雅内达身上找到了爱情，并在与她宁静的交流中找到了不向灰暗命运妥协的可能性。因为小说的主角同样也认为自己是"一个悲伤的人，却曾经有、现在有、将来也会有快乐的意愿"。

尽管小说篇幅不长，但主人公的观察和感受以碎片化却充分的方式逐渐创造了一个世界，其中有他的庸常、冲突和野心，也有周围人们——这些之前曾在同名短篇小说集里出现过的蒙得维的亚人——的偏见。依靠这种合唱式的表现手法，故事的中心依然是生活的平衡，清晰表达的厌倦－希望－失败的主线，以个体的绝望而告终。

贝内德蒂在 1990 年的杂文《现实与言语》（"La realidad y la palabra"）中写道："小说家首先是现实的创造者，其次才是言语的创造者。"而《休战》朴素的故事、穿越时间和地域在读者中造成的深远影响，则证实了作者有效地与人类的感性建立了联系，正如他所希望的那样，实现了与读者的交流。

《感谢火》（*Gracias por el fuego*）

很多人将本书视为马里奥·贝内德蒂第一部反叛的小说，或者像阿莱霍·卡彭铁尔（Alejo Carpentier）所言，是从孤独走向团结的过渡。在六十年代初期，乌拉圭经历了社会和政治动荡，像贝内德蒂这样的人警视着即将到来的危机。这部小说中的人物揭露了统治阶层的虚伪价值观：专制父亲的腐败，以及与其对峙的儿子的脆弱。

从意识形态的角度来看，《感谢火》比《休战》更前进了一步，尽管这一步略显冗余，并且仅仅是解释性的。作者在很短的时间内就向着清晰的道路迈出了步伐，但小说中的冲突依然无法得以解决：清醒的人并不强大，强大的人并不理智。在思想和行动方面，就个人和集体而言，我们可以说这是一部关于挫折的小说。从历史角度而言，小说则展现了一个睁着眼睛向深渊探身并心怀疑虑的社会。

1963 年完成书稿后，贝内德蒂将其拿给文学评论界的朋友们阅读，在得到他们的负面反馈后，他决定携此书参加一项西班牙的文学竞赛。享有盛誉的"简明丛书奖"（Premio Biblioteca Breve）旨在奖励"展现了真正的创新天赋"并致力于探讨"只属于我们时代的文学和人类困境"的作品。《感谢火》进入了终选阶段，但当时统治西班牙的独裁政府对该书进行了审查，并禁止了它的出版。这本小说于 1965 年在乌拉圭面世，但在西班牙一直到 1974 年才得以出版。

《破角的春天》（*Primavera con una esquina rota*）

八十年代的马里奥·贝内德蒂身处流亡之中，心怀希望，却一点也不确定几乎占乌拉圭人口四分之一的流亡者何时才能回到祖国。旅行所到之处，无论是在拉丁美洲还是整个欧洲，贝内德蒂都会遇见幸存的同胞，向他讲述流亡的幸与不幸。

此时，距他出版上一部小说《胡安·安赫尔的生日》（*El cumpleaños de Juan Ángel*）已经过去了十一年时间。贝内德蒂明白，一部小说是对一个世界的建构，需要严格的结构和计划，正如他在《三种叙事类型》中所定义的，"从起源之时到当下，小说一直都想要与生活相像，想要从各个方面都成为生活"。当然，这是作者对生活与世界，对有序的、结构化现实的看法。以情节的突变、具有表现力的可信人物抵达读者，这些人物始终是经过深思熟虑的，与激发他们的社会环境和谐一致。

在拉丁美洲文学中，这不算是一个出奇的概念，连在并不表明社会立场的作者之中也不罕见。乌拉圭作家胡安·卡洛斯·奥内蒂曾说过，作家是沉浸在社会中的人，即使并非有意为之，但作品仍会呈现出他的境况，以及他所处环境的变迁。很显然，这句"即使并非有意为之"很重要：奥内蒂是在一些评论家将他的小说《造船厂》（*El astillero*，1961）视为对其衰败祖国的隐喻时提到这一点的，而他否认自己曾有过这样的意图。与之相反，贝内德蒂持有另一种立场，并用理论加以表达；在 1967 年出版的《混血大陆的文字》（*Letras del continente mestizo*）中，他在《拉丁美洲作家的状况》一文中写道："拉美作家不能朝现实关上门，如果天真地试图把它关在门外，也不过是白费力气，因为现实会从窗户跳进来。"

《破角的春天》所表现的现实，将流亡的问题与国家内部问题熔于一炉。这是一对夫妻的故事，作为政治犯的丈夫在狱中书写、构思或想象给妻子的信件，而妻子正带着两人的女儿，与他的父亲一道流亡国外。故事是这样的：丈夫通过字里行间传递的狱中生活，他的回忆，以及对可能存在的未来的计划。而故事的另一个部分，则会出现妻子的流亡生活。

本书通过多视角叙事来展现监禁和流亡的经历，并由此形成了小说的架构。在这些故事的间隙，作者加入了一种全新的结构：一系列叫作"流亡"的章节——它们都是真实事件的记录，其中一些完全是自传式的，出现了作者和其他人的真实姓名。这些现实之间的间隔，与狱中人和他的三个处于流亡中的亲人所遭遇的情感波折形成了对照。

从对冲突的清醒认识和人类关系的脆弱之中，依旧可以看到春天的希望；我们总是会失去一些什么。

《破角的春天》曾荣获 1987 年大赦国际金火焰奖。

纪念

　　我的父亲（1897—1971）

　　　他是化学家

　　　　也是个好人。

如果我知道我明天将死去

而春天是明天之后的某天，

我将死得幸福，因为春天是明天之后的某天。

　　　　　　　　——费尔南多·佩索阿[1]

过期的年历，破碎的镜子。

　　　　　　　　——劳尔·冈萨雷斯·杜农[2]

---

[1]　Fernando Pessoa（1888—1935），葡萄牙诗人与作家。——译者注（本书的所有脚注均为译者注）

[2]　Raúl gonzález Tuñón（1905—1974），阿根廷诗人。

目录

Contents

在墙内
（今晚我独自一人）

　　今晚我独自一人。我的室友（某一天你会知道他的名字）在医务室。他人不错，但偶尔一个人待着也不赖。我可以更好地思考。不需要拉屏风就可以想你。你也许会说，思考四年五个月零十四天也思考得太久了一点儿。没错。但用来想你却永远都不嫌多。之所以给你写信，是因为有月亮。月亮如香膏一样，总是能够抚慰我。而且也能照亮纸张，尽管光线微弱，但这一点很重要，因为在这个钟点已经断了电了。在最初的两年里，连月亮也没有，所以我也没什么好抱怨的。就像伊索总结道的，总有人过得比你更糟糕。糟糕得多得多，我觉得。

　　真是奇怪。当外面的人想象自己可能会因某个缘由而被关在四面墙壁之间好几年时，会认为自己无法忍受那样的生活，认为监狱是不堪忍受的。然而，正如你所看到的，它是可以忍受的。至少我忍受下来了。我并不否认自己经历了许多绝望的时刻，不仅仅是身体的痛苦带来的绝望。但此刻我所指的是纯粹的绝望，是当一个人开始计算，而计算的结果却是这样被监禁的一天，乘以几千个日子。然而，身体比心理适应得更快。是身体最先习惯了新的作息时间、新的姿势、新需求的节奏、新的疲惫、新的休息、新的行为和新的不能做的行为。如果有室友，最开始你会把他当作闯入者。但很快他就会成为交谈者。现在这个已经是第八个了。我觉得自己和他们中的每一个关系都不错。最困难的情形是两个人的绝望没有同步的时候，对方把他的绝望传染给你，或是你把绝望传染给他。另一种可能出现的情况是，某一方坚决抵抗对方的传染，这种抵抗会引起口头上的争吵或冲突。被监禁在一起的事实只会让情况更加糟糕，情绪被激怒，两个人开始相互辱骂，甚至说出一些让人无法饶恕的话，那些话的含义会因两个人无法避免地抬头不见低头见而变得愈发残酷。当情况糟糕到两个被困在狭小空间里的人不再说话的时候，那种气氛尴尬且紧张的陪伴就会比孤独更加迅速、更加猛烈地将你摧毁。幸好，在这段漫长的时期，我只遇到过一次这样的情况，而且也没持续多久。我们俩谁也无法再忍受沉默的二重唱，于是在某个傍晚，我们相互对视，几乎在同一刻开口说话。在那之后，一切就容易多了。

我差不多有两个月没收到你的消息了。我没问你发生了什么，是因为我知道发生了什么，以及没发生的事。人们说，一周之后，一切又会恢复正常。但愿如此吧。你不知道对被关在这里的人来说一封信有多么重要。当我们去院子里放风时，会立马明白哪些人收到了信，哪些人没有收到。前者的脸上有一道奇怪的光芒，尽管他们常常试图将快乐掩饰，目的只是为了不让没收到信的人更加难过。出于众所周知的原因，在最近几个星期里，我们每个人的脸都拉得很长，那也不是好事。于是，我没有回答你的问题，因为我没有收到你的问题。但我却有问题问你。并不是那些不用说出口你也知道的问题；顺便说一句，我不喜欢问你那些问题是害怕你某天会（以开玩笑的口吻，或者更糟的情形是一脸严肃地）回答说："已经不了。"我只不过想问你关于老头儿的事。他很久没给我写信了。我觉得没收到他的信并非出于别的原因；只不过是因为他很久没给我写信了。我不知道其中的缘由。有时候我会重温（当然，只是在脑海里）我所能记得的写给他的几封简短的信件，但我不认为那里面有任何可能会伤害他的内容。你常常见他吗？还有一个问题：贝阿特丽丝在学校里怎么样？她在上一封信里的某些描述有些模棱两可。你知道我很想你吗？尽管我的适应能力很不错，这一点却是我的精神和身体都无法习惯的东西之一。至少，直到今天依然如此。某一天我会习惯吗？我不觉得。你已经习惯了吗？

受伤的和瘀青的

（政治行为）

"格蕾西拉，"女孩一手拿着杯子，问道，"你要柠檬水吗？"

她穿着一件白罩衫，牛仔裤，凉鞋。乌黑的长发，并不太长，在后颈处绑着一根黄丝带。皮肤很白。九岁，也许十岁。

"我跟你说过了，不要叫我格蕾西拉。"

"为什么？那不是你的名字吗？"

"当然是我的名字。但我希望你叫我妈妈。"

"好吧，但我不明白。你并不叫我'女儿'，而是'贝阿特丽丝'。"

"那是另一回事。"

"好吧。你要柠檬水吗？"

"要，谢谢。"

格蕾西拉看起来三十二、三十五岁的模样，也许那是她的真实年龄。她穿着灰裙子和红衬衫。栗色的头发，会说话的大眼睛。温暖的嘴唇，只涂了淡淡一层口红。在与女儿说话的同时，她把眼镜摘了下来，但此刻她又把眼镜戴了回去，继续阅读。

贝阿特丽丝把柠檬水放在一张摆着两个烟灰缸的小桌子上，然后离开了房间。但五分钟后，她又走了进来。

"昨天我在学校和露西亚打架了。"

"噢。"

"你不想知道为什么吗？"

"你经常和露西亚打架。那是你们俩表现对彼此关爱的方式。因为你们是朋友，对不对？"

"是的。"

"所以呢？"

"从前我们打架都是闹着玩儿，但昨天是认真的。"

"噢，是吗？"

"她提到了爸爸。"

格蕾西拉再次摘下眼镜。她对事情的兴趣骤升，一口把柠檬水喝光了。

"她说既然爸爸在坐牢，那么他就是个罪犯。"

"你是怎么回答她的？"

"我说他不是。他是政治犯。但我很快发现自己并不太清楚政治犯是什么。我常常听到这个词，但不清楚它的意思。"

"你就因为这个跟她打架？"

"就因为这个，还因为她说她爸爸在家里说，政治流亡者来到我们的国家抢走当地人的工作。"

"你怎么回答她？"

"我不知道该怎么回答，于是就打了她一拳。"

"那这样的话，她爸爸现在就可以说，流亡者的子女来到我们的国家并动手打了他的女儿。"

"事实上不是一拳，只是轻轻拍了一下她。但她反应很大，仿佛我真的把她打疼了似的。"

格蕾西拉弯下身子，理了理丝袜，也许也是为了赢得一点儿思考的时间。

"你不应该打她。"

"我也这么觉得。但我应该怎么做呢？"

"她父亲也不应该说那样的话。归根到底，他应当最能理解我们的处境。"

"为什么说归根到底？"

"因为他是一个懂政治的男人。"

"你是一个懂政治的女人吗？"

格蕾西拉笑了起来，她稍微放松了一些，摸了摸贝阿特丽丝的头发。

"懂一点儿，但还差得远。"

"差什么差得远？"

"譬如跟你父亲相比，还差得远。"

"他是因为懂政治才坐牢的？"

"不完全是因为这个原因。更准确地说，是因为政治行为。"

"你的意思是，他杀了人？"

"不，贝阿特丽丝，他没杀人。别的政治行为。"

贝阿特丽丝控制住自己的情绪。她看起来仿佛要哭了一样，但却微笑起来。

"好了，再给我拿点儿柠檬水来。"

"好的，格蕾西拉。"

拉斐尔先生

（溃败和路线）

　　最关键的是要适应。我知道在这个年纪已经很难了。几乎不可能。然而。我的流亡终归是我的流亡。不是每个人都拥有属于自己的流亡的。他们曾想塞给我一个别人的流亡。徒劳。我把它变成了我自己的流亡。是怎么回事？那不重要。既不是秘密也不是揭露。我认为首先得掌控街道，掌控街角，掌控天空，掌控咖啡馆，掌控阳光，以及最重要的，掌控阴影。只有当你感到某条街道不再陌生的时候，那条街道才不会继续像看一个陌生人那样看着你。其他的也都一样。最开始我拄着拐杖走路，那也许与我六十七岁的年龄相符。但那并不关年龄的事。那是沮丧的结果。在*那里*，我总是走同一条路回家。这是我在*这里*所想念的事。人们不明白这种怀旧。他们以为怀旧只关乎天空、树木或女人。至多还关乎政治活动。总的来说，即是祖国。但我的怀旧通常都更灰暗，更朦胧。比如这一个。回家的路。知道在每一个街角、每一盏路灯、每一座报亭之后等待着你的是什么，是一种安宁，一种慰藉。相反，在*这里*，各种惊喜在路上等着我。惊喜让我疲惫。况且，我抵达的并不是家，而是*房间*。我对惊喜感到厌倦，这一点是真的。也许正因如此，我才求助于拐杖。为了不被惊喜击倒。或许是为了听见在路上碰到的同胞对我说："拉斐尔先生，您在*那里*可是从不用拐杖的呀。"而我会回答说："哎哟，您从前也不穿番石榴衫①的呀。"一个接一个的惊喜。其中一个惊喜是一家面具商店，面具的颜色俗丽得让我惊愕。尽管每次经过时都是同样的面具，但我还是无法习惯。与面具一同反复出现的还有我希望面具发生改变的欲望，或者说是期待吧，然而每天当我看见一成不变的面具时还是会惊讶不已。在那一刻，拐杖就有用了。为什么？做什么用？当这种略微的失望在每个傍晚突袭我时（我的意思是，当我发现面具并没有改变的时候），拐杖能帮助我站稳身子。应该指出的是，我的期待并非如此荒谬。因为面具并不是面孔。它是制作出来的，不是吗？面孔只会在遭遇事故时才会改变。我所指的改变是结构上的，而并不是表情，表情当然是可以随时变化的。然而，面具发生改变的理由就很多

---

① Guayabera，词源来自番石榴（guayabas），男士夏季衬衫，前后身有两道平行的竖褶皱，通常以亚麻、丝绸或棉布制成，适合炎热湿润的气候，常见于墨西哥、加勒比沿海地区（古巴、多米尼加、波多黎各）、中美洲、南美、东南亚、西班牙和葡萄牙的南部等。

了。比如说：因为练习，因为实验，因为调整，因为改进，因为损坏，因为替换。直到三个月后我才明白，我是不应该期待面具发生改变的。那些固执且倔强的面具是不会改变的。于是我开始观察面孔。事实证明，那个决定是正确的。面孔永远不会重复。面孔朝我走来，我放下了拐杖。我不再需要拐杖来抵挡惊愕。也许面孔并非每天改变，而是随着年月而发生变化，但那些朝我走来的面孔（除了一个瘦骨嶙峋、腼腆的女乞丐以外）通常都是陌生的。和它们一起走来的是各种社会阶层，驾着豪华的轿车，开着朴素的小车，搭乘公共汽车，坐着轮椅，或是步行着。我已经不再想念蒙得维的亚那条熟悉的回家的路了。这座新的城市拥有新的路线。路线来自溃败①，我知道。我们的溃败并不是全面的溃败，但它也是溃败。这一点我早已明白，但直到在这里上了第一堂课我才对此彻底确认。学生站起来，要求发言。他问道："先生，为什么您的国家会从一个稳定的自由民主国那么迅速地变成了一个军事独裁国？"我让他不用叫我"先生"。那并非我们的习惯。但我之所以那样做，只不过是为了争取时间，在大脑里组织答案。我用众所周知的答案回答他：那过程很早就开始孕育了，并非风平浪静，而是在风平浪静的地下孕育。接着，我在黑板上写下几个标题：时期、特征，以及结果。男孩点了点头。我在他体谅的目光中读

---

① 西语中"路线"一词（derrotero）与"溃败"（derrota）来自同一词根，因造成"溃败"的原因是"路线"的出错。

懂了我全部的溃败，以及路线。从那天起，我每天下午都选择一条不同的路线回家。此外，现在我也不再回到*房间*了。它也不是家。只不过是一套公寓罢了，或者称之为一个模拟的家：一个带有附属物的房间。但我喜欢这座新城市，为什么不喜欢呢？这里的居民（幸好）有缺点。我饶有兴致地专攻他们的缺点。他们的美德（他们当然也有美德）让我感到无聊。缺点却不会。比如，媚俗是一个庞大的领域，我永远都无法彻底掌握它。远的不说，我的拐杖就是一个媚俗的征兆，然而我却不得不摒弃它。当我感到媚俗时，我会有一点儿鄙视自己，这样很不好。因为鄙视自己一点儿也不好，除非有根有据，但我的情况并非如此。

流亡
（绿马）

　　六个月前，他在另一座城市的一间蜡色酒店房间里滑倒了，脑袋重重砸在地上。摔倒造成他视网膜脱落，他在医院做了手术。医生用纱布把他的双眼绑了起来，要求他卧床休息十五天，也就是说，在那段时间里他的生活得完全依赖于他的妻子。外科医生每隔七十二小时来一次，揭开做过手术的那只眼睛的纱布，确认一切正常，然后再将它遮起来。医生建议他不要接见访客（至少在第一个星期里不要），这样才能让身体得到彻底的休息。但他可以听广播或卡带。当然也可以接听电话。

　　广播里的新闻非但不像和平时期那般无聊，甚至让人感到惊悚，因为在1975年的1月，每天都会在布宜诺斯艾利斯的垃圾堆里发现十到十二具尸体。在新闻与新闻之间，他听奇科·布华奇[1]、维列蒂[2]、纳查·格瓦拉[3]和西尔维奥·罗德里格斯[4]的卡带，也听舒伯特的《鳟鱼》五重奏和贝多芬的一些四重奏。

他的另一爱好是在脑海中想象画面，这一爱好渐渐成为所有被动进行的活动中最吸引他的一项，因为它毋庸置疑包含了创造的元素，于是就比被现实摆在眼前的简单明了的画面更具原创性。现在不一样了。现在是由他来创造并召唤现实，那个现实中所有的特征和色彩都呈现在他紧闭着的双眼的内壁。

这游戏让他感到兴奋。譬如，想象一下：此刻我要创造一匹站在雨中的绿马，出现在一动不动的眼睑的背面。他不敢命令马儿小跑或驰骋，因为医生叮嘱他瞳孔要保持静止，他不太确定在这项新发现里瞳孔是否能够经受住绿马奔驰的诱惑而保持不动。然而，他却放心大胆地构想静止的画面。比如说：三个孩子（像北美寡头的广告里那样，两个金黄头发的孩子，一个黑人小孩），一个抱着滑板，一个抱着一只猫，另一个则拿着托球玩具。又或者，一个裸体的女孩，他在具象化女孩的形象之前仔细挑选她的身材尺寸。抑或是蒙得维的亚某个海滩的全景图，其中一侧聚满了彩色的阳伞，另一侧则几乎一个人也

① Chico Buarque（1944— ），巴西诗人、歌手、吉他手、作曲家、剧作家和小说家。

② Viglietti（1939—2017），乌拉圭歌手、作曲家、吉他手。

③ Nacha Guevara（1940— ），阿根廷歌手、舞蹈家、演员和话剧导演。

④ Silvio Rodríguez（1946— ），古巴创作歌手、吉他手和诗人。

没有，只有一个老头，大胡子，穿着短裤，他身边的小狗带着绝对的忠诚凝视着主人。

就在那个时候，电话铃响了，他很容易地伸手接电话。是一个好朋友，她当然知道他做手术的事，但她却没有询问他身体怎么样。她也知道位于拉斯赫拉斯和普埃雷东街的公寓并不朝街，从厕所的小窗户只能看见广场三四米的范围。然而，她却说道："你赶快去阳台上看看，壮观的游行队伍正经过你家楼下。"然后挂了电话。于是，他让妻子走到厕所的窗前看看。是他所预见到的事：军事搜索行动。

"得烧掉一些东西。"他说道，想象着妻子担忧的目光。尽管情况紧急，他却漫不经心地试图让妻子冷静下来："没什么非法文件，但假如他们进来并找到了一些能在任何报亭买到的东西，比如切·格瓦拉①的故事或《哈瓦那第二声明》（我并不是指法农②、葛兰西③或卢卡奇④，因为那些人根本不知道他

---

① Che Guevara（1928—1967），出生于阿根廷，古巴革命的核心人物之一，社会主义古巴、古巴革命武装力量和古巴共产党的主要缔造者及领导人，著名的国际共产主义革命家、军事理论家、政治家、医生、作家、游击队领袖。

② Frantz Omar Fanon（1925—1961），法国作家、散文家、心理分析家、革命家。他是 20 世纪研究非殖民化和殖民主义的精神病理学较有影响的思想家之一，四十多年来，他的作品启发了不少反帝国主义解放运动。

③ Antonio Gramsci（1891—1937），意大利共产主义思想家，也是意大利共产党的创始人和领导人之一。他创立的"文化霸权"理论对后世影响深远。

④ Lukács（1885—1971），匈牙利马克思主义哲学家和文艺批评家，传统西方马克思主义创始人。他将物化和阶级意识引入马克思主义哲学和理论。

们是谁），或者《战斗》杂志和《新闻报》，就足以给我们带来麻烦了。"

她一边烧毁书籍和报纸，一边不时查看广场那个角落的情况。为了让烟雾和燃烧的味道散去，她不得不打开家里的其他窗户（朝向将两栋楼分开来的内庭花园的窗户）。她烧了二十分钟。他试着指点她："你看，书架第二格，左起第四本和第五本，是《美学与马克思主义》①上下两册。看见了吗？然后，在下面那一格，有本《革命战争回忆录》②和《国家与革命》③。"

她问《社会主义电影》和《马克思与毕加索》④是否也需要烧掉。他回答说先烧其他的。这两本比较容易解释。"烧完的灰别倒进垃圾槽。倒到马桶里。"烟雾让他咳了几声。"这对你的眼睛不太好吧？""可能吧。但也没别的办法。况且，我觉得应该影响不大。纱布遮得很好。"

电话再次响起。又是那个朋友："怎么样？游行好看吗？真可惜，这么快就结束了，是不是？""对啊，"他深呼吸，说道，"太壮观了。太整齐了，五颜六色，真好看。我从小就对军队游行着迷不已。谢谢你通知我。"

---

① 墨西哥哲学家、作家和教授阿道弗·桑切斯·巴斯克斯的著作。

② 切·格瓦拉的著作。

③ 列宁的著作。

④ 艺术历史学家马克思·拉斐尔的著作。

"好了，不用再烧了。至少今天不用了。已经走了。"她也吸了一口气，把最后一点灰烬铲起来，倒进马桶里，拉下马桶绳，确认灰烬都被水冲走了，然后洗了手，走过来，坐在床边，终于放松下来。他摸到她一只手。"咱们明天把剩下的也烧了，"她说，"但可以慢慢地烧。""太可惜了。有时候我会需要这些文字。"

于是他试着想象那匹站在雨中的绿马。然而，他不知道为什么，此刻那匹马乌黑发亮，马背上坐着一名健壮的骑手，他戴着圆顶军帽，但却没有面孔。至少他在眼睑的内壁无法看清。

贝阿特丽丝
（季节）

至少有三个季节：冬季、春季和夏季。冬季以围巾和下雪而闻名。老爷爷和老奶奶们在冬季颤抖，被称为"哆嗦"。我并不哆嗦，因为我是个小孩，不是老人，也因为我坐在火炉边。图书和电影里的冬季有雪橇，但这里没有。这里也不会下雪。这里的冬季真无聊。然而，却有一阵很强烈的风，吹在耳朵上。我爷爷拉斐尔有时候说他要退隐到冬季的营房里去了。我不知道他为什么从不退隐到夏季的营房里去。我总觉得在冬季的营房里他会哆嗦，因为他是个长者。不应该说老人，而应该说长者。班上的一个同学说他奶奶是个没用的老人。我纠正他，应该说她是个没用的长者。

另一个重要的季节是春季。我妈妈不喜欢春季，因为爸爸就是在这个季节被逮捕的。没有"h"的逮捕是指去上学。但

17

有了"h"就是去警察局①。我爸爸的逮捕是有"h"的，由于正好是春季，他当时穿着一件绿色的套衫。春季也会发生一些好事，譬如我的朋友阿诺尔多会把他的滑板借给我。冬季他也会借给我，但格蕾西拉不允许我在冬季滑滑板，她说我抵抗力不好，容易感冒。我班上没别的容易感冒的人。格蕾西拉是我妈咪。春季里另一件极其美好的事物是花朵。

夏季是季节里的冠军，因为有阳光，而且不用上学。唯一会在夏季里哆嗦的事物是星星。在夏季，所有人类都会出汗。出汗是一件潮湿的事。当一个人在冬季里出汗时，是因为得了支气管炎或什么病。在夏季，我的额头会出汗。逃犯们会在夏季跑去海滩，因为穿着泳衣没人能认出他们。我在海滩不害怕逃犯，但却害怕狗和浪花。我朋友特蕾莎不怕浪花，她很勇敢，某一次差点被淹死。一个男人迫不得已把她救了起来，现在她也害怕浪花了，但她并不怕狗。

格蕾西拉，也就是说我妈咪，一再声称还有一个季节，叫作秋季。我对她说也许是吧，但我从没见过它。格蕾西拉说秋季有大量的干枯的树叶。有大量的东西总是好的，即使那发生在秋季。秋季是最神秘的季节，因为天气既不冷也不热，于是人们不知道该穿什么衣服。也许正因如此，我从来都不知道什么时候是秋季。假如天气不冷，我就觉得是夏季，假如天气不

---

① 西语中"逮捕"一词为 aprehender，而"学习"一词为 aprender"，并且西语中的 h 不发音，故两个词发音相近。

热，我则觉得是冬季。结果却是秋季。我有冬季、夏季和春季的衣服，但我觉得那些衣服都没法在秋季穿。我爸爸所在的地方此刻正好是秋季，他写信告诉我他很开心，因为干枯的树叶从铁栏之间落下，他想象那些枯叶是我寄给他的信。

在墙内

（你的幽灵还好吗？）

今天我仔细看了看墙上的污迹。这是我从童年起就有的习惯。我首先从污迹中想象面孔、动物、物体；接着，我将它们变成让我感到害怕甚至恐慌的东西。因此，现在很好，现在我会把它们变成物体或面孔，而不感到恐惧。同时，我也有点儿怀念那个遥远的年代，在那时，最深的恐惧也不过是由自己创造的污迹幽灵引起的。而成年人恐惧的原因，或者说成年人恐惧的借口，并非幽灵，而是让人难以忍受地真正存在着的。然而，有时候我们会给它添加一点儿自创的幽灵，不是吗？顺便问一句，你的幽灵还好？给它们补充点儿蛋白质，别让它们消瘦了。只以肉骨之身存在而没有幽灵的生命一点儿也不好。让我说回污迹。我的室友在读书，全身心地沉浸在他的《佩德罗·巴拉莫》①之中，但我依然打断他，问他是否仔细观察过门

① 墨西哥作家胡安·鲁尔福的一篇中篇小说。

边的一块污迹，它很有可能是由潮湿造成的。"没特别留意过，但你现在提到它，那里的确有一块污迹。怎么啦？"他表情惊讶，同时也带着好奇。你得明白，在这样一个地方，一切都可能变得有意思。更别说假如铁栏之间出现一只鸟，或者（在之前住过的某间牢房里曾真实发生过）一只老鼠变成了诵念三钟经①时（索尼娅将之称为"恶魔时分"，记得吗？）的交谈者，对我们而言将意味着什么了。于是，我对室友说，之所以向他提出这个问题，是想知道他觉得那块污迹像什么（人类、动物或非生物体）。他仔细地凝视了一阵子，然后说："戴高乐②的侧脸。"真是神奇！而那块污迹却让我想起一把雨伞。我告诉了他，他笑了有十分钟那么久。这是关在这里的另一个优点：能够发笑。我不知道为什么，当一个人发自内心地笑，仿佛他的内脏重新得以安置，仿佛他立马变得乐观起来，仿佛一切都有了意义。人应该为自己开出发笑的处方，从而预防心理问题，但你也可以想象得到，这其中的问题在于并没有太多发笑的理由。比如，当我意识到自己有多长时间没见到你们（你、贝阿特丽丝、老头儿）了的时候，尤其是当我想到还要过多久才能再次见到你们时，当我计算这段日期的时候，我笑不出

---

① 诵念三钟经是指在早上6时、中午12时及下午6时，教堂会鸣钟以提醒信友祈祷。

② De Gaulle（1890—1970），法国军事家、政治家，曾在第二次世界大战期间领导自由法国运动，战后短暂出任临时总统。

来。也哭不出来。至少我不会哭。但我并不以这种情感上的阻塞为荣。我在这里看到过很多人，他们放声大哭，伤心欲绝地哭上半个小时，然后以更好的状态和心情从深渊里浮出水面。仿佛一场放纵的发泄能让他们自我调节似的。于是，有时候我会因自己不具备这种能力而感到遗憾。但也许我也害怕自己一旦松懈下来，获得的结果不是自我调节，而是全盘崩溃。一直以来，我身上都有太多处于半松开状态的螺丝钉，因此不敢冒这个可能会造成大崩盘的险。而且，我真心实意地告诉你，我不哭的原因并非害怕放松自己，而仅仅是因为我不想哭，或者说，哭不出来。这并不意味着我不感到痛苦、焦虑或其他娱乐消遣。假如真是这样，在这种情况下一定是不正常的。但每个人的方式不一样。我的方式是用理智来克服那些小危机。大多数的时候我都能成功，但有些时候理智根本无济于事。改动一下某个名人（是谁？）说过的话，有时候，理智的心血来潮是连内心都无法明白的。跟我讲讲你吧，你在做什么，你在想什么，你有什么样的感受？我多么希望曾在你现在常走的街道上走过，这样我们也就可以拥有关于那里的共同回忆了。这就是旅行太少的坏处。而你，要不是因为这一系列出乎意料的事件，也许你也永远不会去到那个国家、那座城市。假如我们的生活、我们的婚姻、我们仅七年前开始的计划能够正常（正常？）发展，或许某天我们会攒到足够多的钱进行一场远途旅行（而不是那些去布宜诺斯艾利斯、亚松森、圣地亚哥等地的小旅行，记得吗？），目的地肯定是欧洲。巴黎、马德里、罗马，也许伦敦。一切看起来是多么遥远啊。这场地震把我们拉回地面，拉回到这片土地上。而现在，你瞧见了，如果需要离开，你会前往另一个美洲国家。这讲得通。甚至连那些因为各种原因而现今住在斯德哥尔摩、巴黎、布雷西亚、阿姆斯特丹或巴塞罗那的人，也一定都想要生活在我们这片大洲的某座城市里。归根到底，我也离开了祖国。我也怀念你所怀念的。流亡（内心的和外在的流亡）是这十年的关键词。知道吗？有人可能会把这句话删掉。但删掉它的人应该想到，从某个奇怪的角度而言，他也是自己真正祖国的流亡者。要是这句话幸存了下来，你将会意识到我变得多么善解人意。我也为自己震惊。这即是生活，女孩，这即是生活。要是它没能幸存下来，你也别担心。那并不重要。给你许多许多吻。

另一个人
（独自的证人）

妈的，眼袋怎么这么重！罗朗多·阿苏埃罗对着生锈的镜子说道。我是自作自受，活该喝了那么多。他补充道，努力把眼睛睁大，但却只让自己看起来更像个疯子。疯猩猩。他缓慢说出那个词，尽管带着宿醉的头痛，他依然微笑起来。在前途变得凶险之前不久，他们在位于巴内阿里约索利斯的乡间小屋聚会时，那时候的西尔维奥就是如此称呼军人的。他们连大猩猩都算不上。他诊断道。不过是猩猩而已，而且还是疯子。用一个词来总结：疯猩猩。

他们四个聚在一起：西尔维奥、马诺洛、圣地亚哥和他，那是他们一起度过的最后一个假期。女人们也在，对，他们的妻子。事实上只有三个：玛利亚·德·卡门、蒂塔和格蕾西拉，因为他，罗朗多·阿苏埃罗，是个单身贵族，从来不会把情场上的寻欢作乐与他几位朋友异常稳定的伴侣牵扯到一起。女人们总是有八卦、时尚、星座和菜谱可以聊——至少在那个时代如此。也许正因如此，四个男人通常围坐在一起，试图整治这个世界。他们差一点儿就成功了。比如，西尔维奥，他是个大好人，但却有点儿天真。他常常发誓说自己永远也无法握住一把手枪，但后来他却举起了枪，对方也把枪口举向了他，于是他现在躺在布塞奥墓地，更确切地说，是在他岳父母持有的墓地，他的岳父母尽管很伤心，但依旧十分富有。而胖乎乎的玛利亚·德·卡门则带着两个孩子住在巴塞罗那，在兰布拉大街或是别的栖身的地方卖陶罐。马诺洛刻薄、锋利且尖酸，这三个词含义相近，但放在他身上就不完全是近义词了。它们更像是他为了隐藏自己的腼腆而挖下的战壕。之所以这样说，是因为他在他们面前从没有过过分的言辞，总是宽容得体。*"帽子，头巾，草鞋／无尽的凝眸。"*[1]除了帽子以外，这句探戈完全可以用来描述他。当然，圣地亚哥是个知识渊博的人，但他更是个好人。他精通植物学、马克思主义、集邮、前卫诗歌，同时也是一部足球历史的活百科全书。不仅仅是皮延迪贝内[2]攻破门神萨莫拉[3]的那粒进球，或奥运赛场上的"给你的，赫克

① 阿根廷探戈歌手和创作人埃德蒙多·里韦罗（Edmundo Rivero，1911—1986）创作的歌词。

② Piendibene（1890—1969），乌拉圭足球运动员。

③ Zamora（1901—1978），西班牙足球运动员和教练，司职守门员，拥有"神"的称号。

特!"①。那已成为民间传说的一部分。在圣地亚哥规模宏大的档案馆里还记录着纳萨兹②和多明戈斯③二人组合的每一场比赛（他是国家队的死忠），佩德罗·彼得罗内④的最后一个赛季（在那个赛季，他每十脚射门中有八脚会踢向蓝天，另外两脚则会奇迹般地破门得分）；同时，为了表现他并没有偏心，他会承认"瘦子"斯奇亚菲诺⑤即使在没有球的情况下也是个天才，这是在球队里最难做到的事；他也会提起自己一直以来对阿空加瓜山人奥布杜里奥⑥的尊重，所有人都服从他，甚至包括"猴子"甘比大⑦。

　　而现在，妈的，眼袋怎么这么重！罗朗多·阿苏埃罗对着生锈的镜子说道。*我受了多少苦，把青春都喝光了。*事实上他确实受了很多苦，但喝下去的却是别的东西。他苦苦思索着那个谜。为什么他会时不时地（大概一个月一次）喝得酩酊大醉，但在每两次大醉之间却能保持清醒、几乎滴酒不沾？说"几乎"是因为他时不时会喝一点儿淡红葡萄酒（受笛卡尔

---

① 1928 年阿姆斯特丹奥运会足球决赛，乌拉圭队以 2∶1 战胜阿根廷队。乌拉圭队第二粒进球由博尔哈斯助攻，他在传球给赫克特时对他说："给你的，赫克特！"

② Nasazzi（1901—1968），乌拉圭足球运动员。

③ Domingos（1912—2000），巴西足球运动员。

④ Perucho Petrone（1905—1964），乌拉圭足球运动员。

⑤ Schiaffino（1925—2002），乌拉圭足球运动员。

⑥ Obdulio（1917—1996），乌拉圭足球运动员。

⑦ Gambetta（1920—1991），乌拉圭足球运动员。

文化熏陶的人称之为桃红葡萄酒），说到底，淡红葡萄酒不过是带睾丸素的圣餐酒。也许乡愁与月亮有关系，就像女人的月经一样。对了，也不只是女人，还有一万一千个处女以及圣母，圣母只有一个，比例是不是有点儿失调？无论如何，当一个著名的醉汉总是要好过当一个无名的酒鬼。这句充满智慧的话是谁想出来的？事实上，无名的酒鬼总是让他恼怒。一个人是否喝醉，取决于他自身的意愿、沮丧、需求、忧伤或开心，而并非取决于圣人或清教徒的强行指令。清教真是个聪明的骗局啊。罗朗多·阿苏埃罗想到这里，做了个鬼脸。当他想到格兰德河①以北的例子时，带着快意停了下来。又一个聪明的骗局。禁止傍晚喝马丁尼和威士忌却推崇清晨摄入凝固汽油弹的道德宣传。

唉，要是能将这些眼袋归咎于帝国主义该多好啊！但他不能。*"独自的证人，油灯的光。"* 他不需要集体或个人的治疗。流亡很艰难，不是吗？就连那个可怜的心理分析师的日子也不好过。在那里，他拒绝交出那些身份危险的病人的资料，更不用说那些焦躁不安的危险分子②的资料了。于是，他的日子当然也就不好过了。警察有自己的治疗方法，他们不允许竞争对

---

① Río Grande，是位于北美南部的河流，在墨西哥被称为布拉沃河。

② 原文为作者的文字游戏，因西语中 "paciente" 一词既可作名词 "病人"，也可作形容词 "耐心的"，故后半句使用了该形容词的否定形式 "impaciente"（"焦躁不安的"）来形容危险分子。

手的存在。*"独自的证人"*。西尔维奥死了，马诺洛在哥德堡，圣地亚哥在坐牢。玛利亚·德·卡门，镇压下的寡妇，在卖陶罐。蒂塔和马诺洛分开了，现在和一个很严肃的小孩（我将和萨尔丁·艾斯特维兹"做伴"，她在一年前这样写道）住在里斯本。格蕾西拉在这里，生活失衡，依然美丽，带着她与圣地亚哥的女儿小贝阿特丽丝，做着秘书的工作。而他呢？妈的，看看他的眼袋！

在这个既幸运又受诅咒的国家，人民非常友好。为什么要否认呢？他喜欢这些绽放的微笑，尤其是女人脸上的微笑。但也有些日日夜夜，他并没那么喜欢他们的微笑。在那些日日夜夜里，他需要把一切都解释清楚，并且仔细倾听所有的内容，他怀念那不需点破的含蓄。与同胞上床的一个小优点是假如在某个时刻（在那个总是伴随着急迫、激情和起伏而来的零时刻）某一方不想说话，只需要说出或听见一个简洁的单音词，那个词即会被赋予联想的内容、暗示的含义、共同的符号、共享的过去，谁知道还有什么呢？什么也不用解释，也不需要被解释。不需要推心置腹。手就可以交流，不需要言语，但却非常具有说服力。单音词也可以交流，但需要依附于整个联想和暗示的车队。所有语言都可以被融入一门语言里，多么奇妙啊！罗朗多·阿苏埃罗对着自己的模样说道。接着，他沮丧地重复道：妈的，眼袋怎么这么重！

流 亡

（热情的邀请）

1975 年 8 月 22 日，星期五，大概在下午 6 点的时候，我在利马米拉弗洛雷斯街区谢尔街租来的公寓里，无忧无虑地读书，突然听见有人按门铃，要找马里奥·奥兰多·贝内德蒂先生。我感到有些可疑，因为我只在证件中使用中间名，朋友中没人那样叫我。

我走下楼，一名便衣向我出示他的秘鲁调查警察证，说想要就我的证件问我几个问题。我们走上楼，他告诉我，他们收到举报，说我的签证已经过期了。我把护照递给他看，护照上的签证已经及时更新过了。"无论怎样您都得跟我走一趟，因为我上司有话跟您说。""半个小时后就会把您送回来。"他补充道。这句轻率的承诺让我几乎肯定自己会被驱逐出境。这种神秘的语言风格为全世界镇压政权所通用。

在前往警察局总部的短暂路途中，他一直在批判政府，用

29

笨拙的方式为我设下天真的圈套，试图引诱我上钩，和他一起批判秘鲁革命。我的赞扬之语既谨慎，又确切。

在抵达总部后，他们让我等了半个小时，然后终于有一名检查员过来接待我。他再次对我提出签证过期的问题，我也再次把护照递给他查看。于是，他说，我在这里做有酬劳的工作，是"旅游签证"所不允许的。我告诉他我的情况很特殊，因为《快报》①是在获得了外交部和劳工部批准的情况下，与我签订的记者工作合同，该合同此刻就在劳工部，而外交部的高层也知晓这一程序。对方因"高层"一词而有些茫然失措，但坐在另一桌的另一位公务员（一定比他的职务要高）却大声冲他喊道："别跟他废话了！他总是会拿出有效的理由反驳你的。你得直入主题。"然后对我说："秘鲁政府想要您离开这里！"我理所当然地问道："可以知道原因吗？""不可以！我们也不知道原因。部长给我们下达命令，我们只管执行。""我有多少时间？""如果可能的话，十分钟。但这不可能，因为没办法让您这么快离开，我觉得只要一有机会就会送您离开：一两个小时吧。""我可以选择去哪儿吗？""您想去哪儿？您得明白，我们是不会为您支付旅费的。""我在阿根廷受到过阿根廷反共联盟（AAA）②的死亡威胁，我曾在古巴工作了两年半，在那里我可以找到工作，因此希望可以让我去古巴。""不行。

---

① Expreso，是秘鲁全国范围发行的日报，成立于 1961 年。

② Alianza Anticomunista Argentina，是阿根廷极右翼团体。

今天没有飞古巴的航班，但您得尽快离开秘鲁。""好吧，那我都有哪些现实的选择呢？""有两个：要么我们开车把您送到厄瓜多尔边境，要么您搭飞机去布宜诺斯艾利斯。"

我快速地考量了一番，被一辆军用卡车在清晨时分放在一个我从未去过的国家的边境这一选项并不太诱人，于是我说道："布宜诺斯艾利斯。我从未去过厄瓜多尔。"他们让我在一份询问《快报》以什么方式付给我报酬的声明上签字。我回答说现金，并再次提及合同、劳工部的授权等等。

我们回到公寓。一开始他们给我一刻钟的时间收拾行李，接着又给了我一个小时，他们打了许多通电话，却没办法在任何一班飞往布宜诺斯艾利斯的航班订到座位。于是我的时间越来越多，但他们只允许我带一个手提箱，因此我不得不舍弃许多东西。

检查员告诉我（这会儿，他们对我的态度已经好多了）我的情况并不是驱逐，因此不会在护照上盖驱逐出境的印章。"驱逐的话，"他解释道，"是需要最高法院的判决的，但您并没有。"因此，这只不过是"热情邀请我立即离境"罢了。我问他，假如我不接受这个邀请，会怎么样。"啊，无论如何，您都必须得离开。"我对他说，在我的国家，遇到这种情形时，我们会说："真他妈没区别！"

我请求他们让我打电话给某个在利马的朋友。但被他们拒绝了。我完全与外界隔绝。然而，他们却允许我拨打长途电话。于是我打了个电话给住在蒙得维的亚的弟弟，让他通知我妻子去布宜诺斯艾利斯与我会合。我同时也拨了电话给两三个住在布宜诺斯艾利斯的朋友，但没人接听。我担心没人到埃塞萨机场①接我。我请求他们至少让我通知房东一声。他们同意让我打电话给房东，但必须告诉她我是突然决定要离开秘鲁的，因此不得不退掉公寓。我说我是不会打这样一个电话给她的，因为她待我一向很好。我让他们自己打电话给房东，但他们拒绝了。

过了几分钟，检查员问我在什么样的条件下才愿意通知房东。我回答说，在可以告诉她我是被迫离境的情况下。他终于答应了。于是我在凌晨3点打电话给房东。可怜的女人差点昏厥过去。"哎，先生，他们怎么能这样对待您这样的绅士呢?!"我告诉她我会留下一份我无法带走的私人物品的清单，会在稍后通知她应该如何处置那些物品。

到了这会儿，他们在我面前已经非常放松了，其中一个问我索要一张贴在墙上的印有我的歌曲的海报，另一个请我送给他一本我写的书。"您不怕惹麻烦吗?"我问他。"希望不会吧。"他不太确定地回答道。

气温在凌晨下降得很厉害，其中两个人（一共是四个）请求长官让他们去拿厚毛衣。长官同意了。我继续在另外两人的监视下整理行李。突然，我发现那两个人都睡着了。他们安

① Ezeiza，指布宜诺斯艾利斯埃塞萨国际机场。

宁地打着鼾，我把鞋脱掉，这样我的脚步声就不会惊扰到他们了。我有一个半小时的时间来把行李整理得更好，在同一段时间里，垃圾焚烧槽的工作量也不小。

一个半小时后，我把鞋穿上，轻轻拍了拍检查员："不好意思叫醒您，但既然我是个即将被驱逐出境的破坏分子，那么请您至少得睁开眼监视我，别睡着了。"检查员解释说他从一大早就开始工作，太疲惫了。我说我能理解，但这也不能怪我呀。

4点半的时候，我们五个人（另外两个人拿着毛衣回来了）搭乘一辆黑色大轿车出发了。我们先去了房东家。他们把钥匙和清单给了她。那段旅程是唯一真正让我担忧的原因，因为他们带我走了一条不寻常的路线。在完全黑暗的荒地之间，只有汽车的探照灯。我们花的时间远远多于平常。当我依稀看见远方的机场灯塔时，我承认自己稍微能呼吸正常一点儿了。我们抵达了机场，最早一班飞机是星期六早上9点的。还好，是秘鲁航空的航班。他们没能在8点的那班订到座位——那班是智利航空的。

在整个过程中，他们没给我任何食物或饮料。我已经二十四小时没进食了。我觉得那是由于他们没钱，因为他们也什么都没吃。当检查员在登机梯旁把证件交给我时，说道："您一定会憎恶秘鲁政府，但请您不要对秘鲁人民怀恨在心。"然后他握住了我的手。

受伤的和瘀青的

（一道或两道风景）

　　格蕾西拉走进卧室，脱掉薄外套，看着梳妆台的镜子，皱了皱眉头。接着，她脱掉衬衫和裙子，躺倒在床上。她弯起一条腿，继而又把腿完全伸直。就在那时，她发现丝袜上有一道滑丝。她坐起身来，把袜子脱掉，仔细查看还有没有别的滑丝。然后，她把丝袜揉作一团，扔在椅子上。她再次看向镜子，用手指按住太阳穴。

　　那个吹着风很凉快的下午的余晖从窗户照了进来。她拉开一边窗帘，看向外面。六七个孩子在 B 楼门前玩耍。她看见了贝阿特丽丝，头发蓬乱，上气不接下气，但看得出来她玩儿得很开心。格蕾西拉有些迟疑地笑了笑，用手摸了摸头发。

　　床头柜上的电话响了。是罗朗多。她再次躺了下来，这样更舒服。

　　"今天下午的天气真糟糕，是吧？"他说。

"也没那么糟吧。我喜欢风。不知道为什么，当我朝着风走的时候，我感到风在把什么抹去。我想说的是：在抹去我想抹去的东西。"

"比如说？"

"你不看报纸的吗？你不知道这叫作干涉别国内政吗？"

"是啊，共和国女士。"

"至少是友善的共和国吧？"

她换用左手握电话，把听筒放在左耳，这样就能拿右手挠右耳的耳背了。

"有什么新消息吗？"他问。

"圣地亚哥来信了。"

"啊，挺好啊。"

"有点儿令人费解。"

"什么意思？"

"他提到墙上的污迹，提到小时候喜欢根据墙上的污迹想象图案。"

"我小时候也喜欢。"

"是不是每个人都喜欢？"

"事实上，这个话题可能并不那么新鲜，但我却不觉得让人费解。难道你想要他写一封反对军人的宣言给你吗？"

"别傻了。我只不过觉得过去的他更勇敢一些。"

"当然咯。也许正是因为他的勇敢，你曾一个多月没收到过他的消息。"

"我查过了。那是对所有犯人施行的措施，众多集体惩罚中的一项。"

"集体惩罚通常都是基于如此这般幼稚的借口，比如：书信的内容越过了没有明确标识但却真实存在的界限，无论是有意识的还是无意识的。"

她没有回答。几秒后，他再次说话。

"贝阿特丽丝怎么样？"

"她和小伙伴们在外面玩儿呢。"

"很好。她很健康，充满了活力。"

"是啊，比我好多了。"

"也不能这么说。虽然说她的大部分活力来自圣地亚哥，但也有一部分来自你。"

"的确来自圣地亚哥。"

"也来自你。只不过你最近有些抑郁罢了。"

"也许吧。不过我真的看不到出路。而且我的工作也太无聊了。"

"你一定会找到更具挑战性的工作的。现在先忍一忍吧。"

"此刻你应该跟我说，我运气不错。"

"你运气不错。"

"同时你也应该跟我说，不是所有南锥体①的流亡者都能像我这样找到一份只需工作六小时、报酬不错的工作，更何况星期六还可以休息。"

"不是所有南锥体的流亡者都能找到这样一份报酬不错的工作，等等等等。我可以补充一点吗？那份工作是你应得的，因为你是个非常高效的秘书。"

"可以。但高效正是我感到无聊的原因之一。要是偶尔出点儿错，工作也许还会有趣一点儿。"

"话不能这么说。也许你的确因为高效而感到无聊，但老板和经理通常都因低效而比你更快感到无聊，而且比你无聊多了。"

她再次沉默。也是他再一次重新开启对话。

"我可以给你一个提议吗？"

"只要不是不厚道的就可以。"

"算得上半厚道吧。"

"那我也只能半同意。说吧。"

"你想去看电影吗？"

"不想，罗朗多。"

"好电影。"

"我毫不怀疑。我相信你的眼光。至少相信你在电影方面

---

① 指南美洲位于南回归线以南的地区，一般人们所说的南锥体包括了阿根廷、智利和乌拉圭三国，是南美洲经济最为发达的地区。

的眼光。"

"而且也能借机清扫清扫你的蜘蛛网。"

"我在我的蜘蛛网里待得很舒服。"

"那就更糟了。我再邀请你一次：你想去看电影吗？"

"不，罗朗多。真的，我非常感激你的邀请。但我太疲惫了。要不是还要给贝阿特丽丝做饭，我向你发誓，我晚饭都不吃就会上床睡觉。"

"这样也不好。被日常生活牵着鼻子走是最糟糕的事。"

格蕾西拉把听筒夹在下颌与肩膀之间。很明显，作为专业秘书的她对这个姿势很熟练。而且，这个姿势还让她的双手空出来，此刻，她仔细查看着指甲，时不时用小锉刀把它们磨一磨。

"罗朗多。"

"嗯，我在听。"

"你有过这样的经验吗：你坐在行驶的火车上，对面也坐着一个人，你们俩都靠着车窗？"

"有过。此刻我记不起确切的情形了。为什么说起这个？"

"你注意过吗，假如这两个人就眼前的风景进行交谈，前行的人口中的风景与逆行者描述的风景并不会完全相同。"

"我从没注意过这个细节。但你说的情况很有可能。"

"我常常留意这一点。因为从小时候起，每当搭乘火车时，我就非常喜欢观看风景。那是我最喜欢做的事情之一。我从不在火车上看书。到现在也如此，我坐火车时不喜欢看书。在我身边以相反的方向高速行进的风景让我着迷。当我与火车前行的方向一致时，我感到风景朝我奔来，我感到很乐观，我也不知道是怎么回事。"

"但当你坐在反方向的时候呢？"

"我感到风景离我而去，逐渐模糊，消失。坦白说，那让我感到抑郁。"

"此刻你坐在什么方向？"

"你别笑话我了。前几天我在重读圣地亚哥的信件时，清晰地意识到了这一点。在监狱里的他写信给我，仿佛生活正向他迎面而来似的。而我，恰恰相反，可以说，我拥有自由，有时候我觉得那风景正在逐渐远去、模糊、终结。"

"不错。当然，还带有诗意。"

"一点儿诗意也没有。连散文也不是。那只不过是我的感受罢了。"

"好了，现在我认真跟你说。知道吗？你的这种状态让我担忧。尽管我坚信每个人的问题只有他自己可以解决，但我也认为，有时候亲近的人可以给予帮助。如果你愿意，我可以给你一些帮助。但最关键的是你要深入你的内心。"

"深入我的内心？也许吧。也许。但我不确定自己是否会喜欢那底下的东西。"

拉斐尔先生
（奇怪的罪过感）

圣地亚哥跟格蕾西拉说我很久没给他写信了。这是事实。但是，又能对他说些什么呢？说这一切都是他的态度造成的？这一点他早已明白。说我为（在还能说话而不需要把言语都压抑的时候）与他交流太少、没能劝阻他在那条路上越走越远而感到些许内疚？这一点他不一定明白，但也许可以想象得到。他也会想到，就算我和他进行过深入的谈话，他也会继续在那条自己选择的路上一意孤行。说每当我在夜里醒来，都无法避免那种担忧、那种感觉、那种糟糕的预感，我也不知道那叫什么，觉得也许那一刻他正在被严刑拷打，或正从一场拷打中恢复过来，或正在为下一场拷打做准备，在诅咒某个人？也许他没心情去想这些事。他自身的受罚、隔绝与痛苦已经够他受的了。当一个人在承受自身的痛苦时，是不需要再把他人的痛苦占为己有的。但我有的时候想象他们正在电击圣地亚哥的睾丸，在同一瞬间，我的睾丸也会感到一阵真实的（非想象的）疼痛。又或者当我想象他在经受"潜水艇"的酷刑时，我也会感到自己被淹进了水里。为什么会这样？这是一个古老的故事，或者更准确地说，是个古老的警示：大屠杀的幸存者会因为生还而感到一种奇怪的罪过感。也许因某个正当的理由（卑鄙的理由不在我考虑的范围内）而成功逃脱拷打的人会因未受拷打而感到某种罪恶感。换句话说，我不知道该跟他写什么。有些话题自然是不能出现在写给囚犯的信里的，况且他还是以危险分子的身份被关进监狱里的。而其他一些话题则是我不想提起的。在排除掉这两者后，剩下的话题就都很愚蠢了。圣地亚哥能接受我在信里写那些愚蠢的话题吗？有一件事，要是换作是在别的情况下，我会写信或者当面跟他讨论。但在现在这种情况下我不会告诉他。我指的是格蕾西拉的精神状态。格蕾西拉不太好。我感到她越来越沮丧，越来越阴郁。从前的她是多么美丽，多么亲切，多么聪慧啊。更糟糕的是，我发现她的沮丧源自她和圣地亚哥的愈发疏远。原因？我怎么知道？她崇拜他，这一点我很肯定。在政治方面她不会与他有分歧，因为实质上她和他的想法一样（至少在过去是一样的）。难道是因为女人需要男人在身边才能维系爱情？难道是因为奥德修斯变得更顾家，而佩涅洛佩①则不再满足于在家里织衣了？谁知道

---

① 奥德修斯和佩涅洛佩均为古希腊神话人物，佩涅洛佩是英雄奥德修斯之妻，其事迹反映于荷马的《奥德赛》中。奥德修斯参加特洛伊战争失踪后，佩涅洛佩坚守十年未嫁并以计摆脱各种威逼利诱，后又在奥德修斯归来后与其合谋将图谋不轨者清除。

呢。假如我无法与她（几乎每天见面的她）讨论这个问题，那就更不可能与圣地亚哥（只偶尔写信交流的圣地亚哥）提这件事了。我也可以跟他讲讲学校的事，讲讲孩子们提出的问题。或者谈一谈重新开始写作的计划。新小说？不。失败一次就够了。也许写一本故事书吧。不是为了出版。到了我这个年纪，出版已经不太重要了。我觉得那将会是我的动力。这十五年来我什么也没写过。至少没写过文学性的东西。在这十五年里，也从来没有过写作的欲望。现在突然有了。这是个讯号吗？我应该解释它吗？是个征兆吗？但又是什么的征兆？

在墙内
（河流）

　　我来自河流。你会觉得我有点儿发疯？不多，也不少。如果我在其他场合没有说过疯话，到了现在，我觉得自己早已接种了疯癫的疫苗了。然而是的，我来自河流。我在几周前发现了系统是怎么回事。在那之前，回忆总是杂乱无序地突袭我。突然之间，我在心里想着你、贝阿特丽丝，或老头儿，两秒后我会想起某本中学时读过的书，几乎在同一时刻，思绪又会跳到我们住在霍克夸特街时老妈常做的甜点。换句话说，我被回忆掌控着。某天下午，我心想：至少我得将自己从这个专政中解放出来。从那一刻起，我的回忆由我来支配。当然，只是一部分罢了。一天中总是有某些时刻（通常是我感到沮丧或抑郁的时候），回忆依旧会对我拳打脚踢。但那并非常态。正常情况下，我会计划回忆，也就是说，我来决定现在要回忆什么。比如，我决定回忆遥远的小学时代的某一天，某个与朋友纵情欢乐的夜晚，乌拉圭大学生联盟无休止的辩论中的某一场，为数不多的烂醉之夜的摇曳（能够被记起的细节），与老头儿的一场深入的谈话，又或者是贝阿特丽丝出生的那个清晨。当然，我在那些回忆之间交替插入关于你的回忆，我甚至也决定掌控关于你的回忆。否则，所有你的影像都会聚集在你的身体之上，在正在做爱的你和我的身体之上。这对我而言并不总是好事。它逐渐成为让人伤心的证据，证明你的缺席。或者说，是我的缺席。我先是感到一种痛苦的、心理上的愉悦。享受空虚。接着我便陷入消沉。那种低迷会持续好几个小时。因此，当我说我也决定掌控关于你的回忆时，更确切地来说，是我决定在其中加入其他与你（也与我）相关的回忆，那些回忆与我们俩的身体共同度过的夜晚同样重要，同样珍贵。我们曾进行过那么多的谈话，至少它们对于我而言，是非常难忘的。你记得我说服你（花了五个小时的时间来辩论）开始新旅途的那个星期六吗？记得我们在门多萨的谈话吗？还有在亚松森的时候？时间顺序都不重要了。重要的是我为回忆安排的顺序。正因如此，我才在一开始就对你说今天我来自河流。那是一个你不在场的回忆。内格罗河①，靠近梅赛德斯。在我十二三岁的时候，常常去叔叔家过暑假。他家的房子并不是特别大（事实上，不过是个小农场罢了），但通向河边。由于屋子与河之间有许多繁茂的树木，因此，当我在河边的时候没人能从屋子

① Río Negro，在乌拉圭境内，位于南里奥格兰德州，全长七百五十公里。

里看见我。我喜欢那种孤独。那是我为数不多聆听、观看、嗅闻、触摸和品尝大自然的时刻。鸟儿们飞到我身边，并不因我的存在而受到惊吓。也许它们把我当成了一株小树或灌木丛。风通常都不大，可能正是出于这个原因，高大的树木都不怎么争吵，只是交换彼此的意见，善意地点头，给予我支持。有时候我会靠在一棵老树上，粗糙的树皮给我一种类似父爱的感受。抚摸一棵饱经沧桑的大树的外壳就好像轻抚每天骑的马儿的鬃毛。那种交流非常有节制（不像忠诚到让人无法忍受的狗与主人的关系那般令人作呕），但却足够强烈，以至于当你回到忙碌的都市后会十分想念它。在别的日子里，我会跳上小舟，划到河中央。与两侧的河岸保持相等的距离让我感到十分刺激。最主要的原因是两岸十分迥异，且彼此不和。不是因为鸟儿，因为鸟儿们可以在两边飞来飞去，而是因为树木，树木有强烈的归属感，甚至分了帮派，在各自的领地、各自的河岸深深扎根。我什么也不做。只是观察。既不看书，也不玩耍。生活在我身上流淌，从一侧河岸到另一侧河岸。我感到自己是那种生活的一部分，到后来竟得出做一棵松树、柳树或桉树也不会无聊的荒谬结论。然而，就像我在多年后领悟到的，与两岸保持相等的距离永远不会维持太长时间，我需要在两侧河岸中做出选择。很明显，我只属于其中一侧。你看到了吧，我在开头跟你说的不无道理：我来自河流。

贝阿特丽丝

（摩天大楼）

摩天大楼的单数和复数是一样的。[①] 牙签这个词也一样。[②]
摩天大楼是拥有很多很多洗手间的建筑。其优点是几千个人可
以同时在那里尿尿。摩天大楼还有其他优点。比如，它还有令
人晕眩的电梯。老旧的建筑没有电梯，或者只有不令人晕眩的
电梯，在那里居住或工作的人会因为设施的落后而深感羞愧。

格蕾西拉也就是我妈咪在一幢摩天大楼里工作。她有一次
带我去办公室，那也是我唯一一次在摩天大楼里尿尿。真美妙
啊！格蕾西拉工作的摩天大楼有一台完全从国外进口的令人晕
眩的电梯，让我的肠胃翻江倒海。后来我在班上讲起这件事，
所有的同学都羡慕死了，想让我带他们去格蕾西拉工作的摩天
大楼，感受令人晕眩的电梯。但我跟他们说那很危险，因为电

---

① 西语中的"摩天大楼"一词"rascacielos"是集合名词，单复数同形。

② 西语中的"牙签"一词"escarbadientes"也是集合名词，单复数同形。

梯飞快运行，假如把脑袋从窗口伸出去，就会被砍掉。他们相信了我的话，真是一群蠢蛋，摩天大楼的电梯怎么可能落后到还装有窗户？！

当摩天大楼的电梯遇上停电时，会充满恐慌。在学校里，到了课间休息的时候，会充满欢乐。"充满"真是个美好的词。

除了令人晕眩的电梯，摩天大楼还有门卫。门卫都很胖，无法爬楼梯。当门卫瘦下来后，他们就不能继续在摩天大楼里工作了，但他们可以去当出租车司机，或足球运动员。

摩天大楼分为高的摩天大楼和矮的摩天大楼。矮的摩天大楼比高的摩天大楼的洗手间要少得多。矮的摩天大楼也被称为屋子，但不可以有花园。高的摩天大楼投下许多阴影，但那种阴影不同于树荫。我更喜欢树荫，因为它有阳光的斑点，而且还会动。在摩天大楼的阴影中充满着严肃的面孔和乞讨的人。在树荫下则充满着圣安东尼奥①的牧场和瓢虫。

我心想，爸爸所在的地方，当夜晚降临时，应该是充满了悲伤的。我多么希望爸爸可以（比如说）去看看格蕾西拉也就是我妈咪工作的摩天大楼。

----

① 圣安东尼奥是阿根廷的县份，位于该国中部内格罗河省。

流 亡

（他来自澳大利亚）

　　我是在墨西哥城机场古巴航空的托运柜台认识他的。我带着三个行李箱准备飞哈瓦那，不得不为超额行李付费。就在那时，一位排在后面的男人提议说，既然他只带了一个小行李箱，我们可以一起办托运，这样行李的总重量刚好是允许的四十公斤。我当然说好，十分感激他的善意，古巴航空的职员随即为我们办理托运。当我的恩人拿出护照时，我惊讶地发现是一本乌拉圭护照。不是官方护照，也不是外交护照，而是一本普通护照。他微笑道："是不是很惊讶？"我做出肯定的答复。"我们去喝杯咖啡吧，我会跟您解释的。"

　　我们走去喝咖啡。他询问说："您是贝内德蒂吧？""是的，我是，您怎么认识我的？我不记得您的面孔。""那当然了。您都在主席台上，而我则在人群里。我在 71 年竞选中听过您许多次街头演讲。您记得广泛阵线①的最后一次集会吗？在司法部门口，阿格拉西亚达大道上人山人海。那一次您并没有发表讲话，但您站在主席台上。塞雷尼②是唯一的演讲者。他讲得很好。"我觉得他之所以提到这些细节，是为了赢得我的信任，但他根本没必要那样做。他长着一张诚实的面孔，没有表里不一。他告诉我他的名字。这里我将隐瞒他的姓，称他为法尔可。反正他的真实姓氏也像法尔可那样非常地乌拉圭。"首先，我需要跟您说明的是，我已经在澳大利亚生活了五年了。我是个工人。管道工，水管工，视国家而异。""您去古巴做什么？""去观光。我参加了一个旅游团。我有了两年的钱，就是为了去古巴旅游一个星期。""在澳大利亚的生活怎么样？""经济上，还不错。但也就那样了。而且，你也知道的——我可以用'你'吗？——移民澳大利亚的人往往并非出于政治方面的考量，而更多是出于经济上的考量，尽管也许你会说经济也是间接的政治。没错，但经济移民通常都不会意识到那层关系。从这个意义上来看，那是一种非常艰难的流亡，跟其他地方的流亡很不一样。偶尔也有喘息的机会，比如 Los Olimareños③来的时候，人们会去看他们的演出，因为即使在经历了这一切

① Frente Amplio，乌拉圭 20 世纪 70 年代早期的左翼政党联盟。

② Seregni（1916—2004），乌拉圭军人和政治家，广泛阵线的创始人。

③ 乌拉圭二人组合，是拉美新歌谣运动的乌拉圭代表。他们也用流亡海外的十一年光阴，共同见证了拉丁美洲史上最黑暗的年代。

以后，故乡的旋律依然让人动容。不仅仅是旋律。还包括提到树木、花朵、山丘、历史人物、街道和村庄的名字，以及对天空、黄昏、河流和任何一条不知名的小溪的描述。但当他们离开后，我们又恢复了日常作息，恢复了与世隔绝的生活。我常说，我们是澳大利亚的'乌拉圭群岛'，因为实际上我们用许多个小岛组成了一个群岛，这些小岛可能是一个人、一对伴侣或一个家庭，所有小岛都相互孤立，也许生活还算舒适，但归根到底，都是孤独。一些人寄钱给留在了乌拉圭的家人，这为他们的生活和工作赋予了一定的意义。""他们都不试着融入当地社会，和澳大利亚人做朋友吗？""那并不容易。首先是语言障碍。当然，随着时间的流逝，每个人最终都能学会英语，但到了那个时候，人们也早已习惯了孤立的生活，要想改变习惯就很难了。况且，虽然澳大利亚的社会需要外来劳工，但却并非对移民敞开大门。我进到过许多澳大利亚人的家里，但都只是以水管工的身份。要是那一家人在我拿着工具箱进门时正在聚会，他们会自动停止谈话。""那你为什么这么想要去古巴？""具体的我也说不清楚。是一个梦想吧，类似于小时候或青春期的梦。你会说，像我这样的傻子早已过了做梦的年纪了。但那是一种痴迷，知道吗？天哪，我用了痴迷这个词，我应该有五年没用过这个词了。在澳大利亚，不仅词汇量骤减，而且也不知不觉地在日常对话中加入许多英语单词。好了，说回古巴。在69、70年的乌拉圭，我们太过乐观了（71年稍微好一点儿）。我们曾以为在我们的国家也能发生那般彻底的改变，然而却事与愿违，至少在很长一段时间内还无法实现。于是，我非常迫切地想要了解像古巴那样发生了翻天覆地的改变的国家。你觉得我有可能留在古巴吗？当然，是留在那里工作了。""你先等等，看你到了那里感觉如何吧。你想，也许你会喜欢那里的人，同意那儿的政治体系，但却无法适应那里的气候。那里没有四个季节，只有夏天，分为旱季和雨季。我个人而言倒是没什么问题，但我认识一些来自拉普拉塔河流域①的人，他们无法忍受那里的炎热和潮湿。但不管怎么说，七天时间都太短了，来不及办理手续。那中间还夹了一个周末。""啊，我知道，但我想知道，古巴人欢迎外国人吗？""你在那里不是外国人。我们都是拉美人，不是吗？但这不是问题的关键。现今的古巴打开大门，允许在那里住得不开心的人离开。你可以想象假如古巴突然打开同样的大门，让所有想要来古巴生活的人来此定居吗？想象一下将会在蒙得维的亚、布宜诺斯艾利斯、圣地亚哥、拉巴斯、太子港排起的长长的队伍！而且，严峻的住宅问题会依然存在。""但你觉得我可以试试吗？""当然可以，试一下吧。即使不成功也没关系。"

那个全世界所有机场共享的轻柔且毫无个性的广播声（它总是同一个声音）告知我们需前往八号登机口。我们在飞行的

---

① Río de la Plata，是南美洲巴拉那河和乌拉圭河汇集后形成的一个河口湾，位于南美洲东南部阿根廷和乌拉圭之间。

途中继续交谈，当空姐（古巴航空称之为空中乘务员）把点心递给我们时，法尔可说："哇，不可思议。她们可不是其他航空公司的芭比娃娃。是真正的女人，你瞧见了吗？"

我们在何塞·马蒂机场提取了那四件行李（一件他的，三件我的）后，就分开了。他回到旅游团的队伍中，而我则与几位来接我的朋友一起走了。

两天后，美国利益代表处①门前举行了一场游行。一万人入驻秘鲁大使馆的事件②已经结束。现在是新的问题：在关塔那摩③基地进行的海军演习以及卡特④每天做出的威胁。

我也跟着美洲之家⑤的几个朋友到海滨大道游行。在旅居古巴的几年时间里，我从未亲临过这么大规模的游行。我们在拉姆帕街等待着游行的开始，就在那一刻，我看见了法尔可，他站在离我不过十米的地方。

人群非常拥挤，很难移动身子。我冲他喊道："法尔可！法尔可！"他一开始就听见了我的叫喊，但毫无疑问，他无法相信在抵达哈瓦那仅仅四十八小时后就有人认出了他，并在大

---

① 美国驻哈瓦那利益代表处为当时在古巴的美国外交代表机构。

② 指 1980 年 4 月至 10 月发生的移民事件，当时一万古巴人进入秘鲁驻古巴大使馆寻求庇护，希望离开古巴。

③ Guantánamo，古巴东南部一个城市，在离此城十五公里处的关塔那摩湾，坐落着美国海军基地。

④ Jimmy Carter（1924—），美国第三十九任总统。

⑤ 美洲之家为哈瓦那的非政府文化机构。

喊他的名字。但就是那么凑巧。我是唯一一个可能在古巴认识他的人，而我就站在那里，离他几步之遥的位置。

他终于看见了我，露出惊讶的表情，兴奋地挥舞着长长的胳膊。我们花了十分钟的时间才挤到彼此身边。他拥抱了我。"嘿，真是奇妙啊！这里有一百万个人，而你却看见了我！"他十分欢愉。"真让人鼓舞。有没有让你想起广泛阵线的最后一次集会？""这里的人更多。""那当然了。但我指的是人们的热情和欢乐。"

我们终于开始行进，一开始速度缓慢，接着稍微快了一点儿。突然，我感到他意味深长地撞了一下我的胳膊肘。"知道吗？今天我迈出了第一步。""什么第一步？""留在这里。""啊。""我听别人的指点，去了一个办事处，那里正好有一群想要离开古巴的人。就在我抵达玻璃门的那一刻，门关了。我对里面的工作人员比画着，让他开门。他对我做出否定的手势。我坚持让他开门听我解释。突然，我想到了一个点子。我包里有张纸。我写下'同志'一词，把纸贴在玻璃门上。这也许激起了他的好奇心，他把门打开了五厘米的缝隙，足够与我交谈。'今天不再接受离开的申请了，明白吗？''我明白，但我不是为了这个来的。''那是为了什么？''我是跟旅游团来这里的。我想留下来。''您想什么？''留下来。'那个男孩（因为他的确就是个孩子）根本不敢相信我说的话。他把门打开了一点儿，让我能够进去，这一举动自然引起了申请流亡迈阿密的人们的抗议。'您说您想要留下来？''是的，我想要留下来。'男孩看着我，仿佛在对我进行深入的研究。接着，他拿出一个小本子，撕下一页纸，在纸上写下一个名字，递给我。'请明天早上来，早点儿过来，找这个人。他会处理您的请求。祝您好运。'所以我明天会过去。你觉得怎么样？或者用这里人习惯的说法：你有什么意见？""我发现你适应古巴方言比适应澳大利亚的要快很多啊。"

　　游行的队伍越走越快。没过多久我们就被分开了，有一阵子他甚至在我的视线中消失了。就在我们经过美国利益代表处大楼门前（窗口一个人也看不到）的那一刻，我再次看到了他，此刻的他站在我身后几米的地方。他用洪亮的蒙得维的亚口音高喊着欢乐人群的口号："乓，乓，滚出去，打倒蛔虫！"

另一个人

（想要，能够，等等）

　　你是个疯子。罗朗多·阿苏埃罗清楚记得，当马诺洛在
某个上午陈述标题为《关于国家现实的个人及全景观点以及其
他随笔》的论文时，西尔维奥如此喃喃道。然而才讲了半个钟
头的马诺洛咬了咬嘴唇，对他说，你先让我讲完，好吗？于是
西尔维奥让他说完。现在你可以发表看法了。马诺洛在讲完后
得意地说道。你是个疯子。西尔维奥坚定地重复道，他们俩差
点儿打了起来。幸好圣地亚哥和他（罗朗多）及时阻止，而玛
利亚·德·卡门和蒂塔紧张得几乎要哭起来，格蕾西拉没有
哭，因为她通常都更坚强，或者说情绪更稳定、更克制。西尔
维奥和马诺洛再次坐了下来，西尔维奥喝着马黛茶①，试图恢

---

① 马黛茶是盛行于乌拉圭、阿根廷、巴拉圭及巴西等南美各地的一种草本茶，
　　通过吸管吸吮。人们通常与朋友围坐在一起，把泡有马黛茶叶的茶壶插上一
　　根吸管，在座的人一个接一个地传着吸茶。

55

复平静，他大声吮着吸管，在三丘外的距离都能听见。事实上，马诺洛的论文很准确，但也非常危言耸听。循环的。西尔维奥总结道。是的，的确是没有出口的循环，但马诺洛对它加以强调，从而让它具有说服力。拥有财力和权力的人永远不会让步。不要抱有幻想，朋友们，这不是斯堪的纳维亚的资产阶级，不会为了生存而牺牲自身的利益。富人会求助于军队，尽管军队会在之后连他们一并吞噬。立宪主义者？立法者？他们会为穿制服、用头盔遮掩秃顶而感到羞愧或尴尬吗？少来这套，亲爱的同胞们。所有这些都已是过去时。他们会把我们当作危地马拉人，攻击我们，消灭我们。就是那样。也就是说，我们得在政治辩论以外的另一个赛场与他们斗争。我们必须奋力比赛，争取进球。即使是从场地外进球也罢。圣地亚哥很喜欢那个比喻，他从那一刻开始对谈话感兴趣。马诺洛继续讲啊，讲啊，他不断重申我们都是一样的（有句探戈这样唱到："苍蝇和柏树是一样的。"[①]），因为他最渴望的即是改变，不是口头上的改变，而是用他的原话来说，行动上的改变。对他而言，方式并不重要（"假如耶稣不帮助我们，那就让撒旦来帮我们吧。"），重要的是结果。那句话很耳熟。西尔维奥隐隐带着讽刺地说道。你觉得我们能将他们赶走？圣地亚哥问

---

① 《当铺》（*Cambalache*）的一首探戈，由 Enrique Santos Discépolo 在 1934 年创作。歌曲表达了没有物品拥有真正的价值，每个物品都是一样的，都可以用任何东西当掉。

道，此刻轮到他吸吮马黛茶，但他并没弄出多大声响。不。马诺洛毫不犹豫地作出回答，像在兜售未来那般欣喜。不，我们做不到，他们会击溃我们，将我们关进监狱，把我们杀死，将我们消灭。所以呢？西尔维奥问道，他的讽刺中夹杂着迷惑。而他，罗朗多，只带着善意的怀疑抬起眉毛。所以什么也没有。演讲者充满活力地总结道。短期内什么也不会实现，但他们的胜利，对方的胜利，将是皮洛士式的胜利[1]。他们将会获胜，但却并不知道该如何处置战利品。他们会获得书面上的胜利，但却会失去人心（女性看台鼓起掌来）。所以他们终归会失败。接着，他挑衅地看着西尔维奥，说，你依然觉得我是个疯子吗？也许我们都是疯子。对方回答道，做出了一些让步，于是马诺洛站起身来，给了他一个八脚软体头足动物（《拉鲁斯百科全书》[2]称之为章鱼）式的拥抱。与此同时，已从惊慌中恢复过来的玛利亚·德·卡门和蒂塔带着眼泪笑了起来，像两道彩虹一样。但圣地亚哥却一反常态地十分严肃，他继续辩论道，这么看来，斗争也只是道德层面上的，假如乡村俱乐部、大庄园主、银行圈子依旧存在，那么拥有道德上的胜利又有什么用呢？既然决定加入这样一场斗争，那我就想要成为真正的获胜者。好极了，马诺洛说道，我们每个人都想成为真正的获胜者，别以为你刚刚发现了新大陆，问题不在于想要，而

---

[1] 皮洛士式的胜利是一句西方谚语，意思为代价高昂的胜利，中文也译为惨胜。

[2] 法国拉鲁斯（Larousse）出版社在20世纪70年代出版的百科全书。

在于是否能够。他的这句话让西尔维奥再次激动起来，从那一刻起，他意识到马诺洛拥有一个更宏大的目标：并非想要或能够做什么，而是破坏一切。女性看台发出咯咯的笑声。面团已经煮好了，哎，这么快，快点吃吧，否则得煮过头了，我满肚子都是马黛茶，讨论得这么激烈，都没意识到喝了两大壶茶了，真夸张。吃面团了，先生们，吃面团了，红葡萄酒美妙极了，你们觉得革命过后，还会有面团吃吗？嗯？

拉斐尔先生
(听天由命)

　　闭上眼睛。我多么希望能够闭上眼睛，重新开始，接着再带着伴随年龄而来的迟到的清醒以及我不再拥有的生命力睁开双眼。上帝给没牙齿的人发放面包，但在那之前，在很久很久之前，他却给有牙齿的人派发饥饿。诡计多端的上帝啊！民间谚语归根到底都是上帝的履历。"就上帝是不是基督进行争吵"[①]：敌意和暴怒。"上帝哺育人类，而人类则各自聚合"[②]：阴谋和骚扰。"神的物当归给神，恺撒的物当归给恺撒"[③]：分摊和均分。"上帝在我们这边"[④]：优势和统治。"天杀的"：冷

[①]　西语原文为 "Se armó la de Dios es Cristo"，意指激烈的争吵。

[②]　西语原文为 "Dios los cría y ellos se juntan"，寓意 "物以类聚，人以群分"。

[③]　西语原文为 "Dar a Dios lo que es de Dios y al César lo que es del César"。原文字面意为 "属于上帝的东西应该给上帝，属于恺撒的东西应该给恺撒"。

[④]　西语原文为 "Como Dios manda"，意为像上帝命令的那样，形容某事做得好，做得正确。

漠和轻蔑。"一边求神，一边掌锤"①：警官、军队、敢死队等等。"上帝的旨意"：绝对的权力。"自助者天助"：新殖民主义。"上帝的惩罚无需棍子或石头"：潜意识的折磨。"与上帝同在"：糟糕的陪伴。

闭上眼睛，并不是为了回到常常出现的噩梦里，而是为了直达事物的底部。那些画面，那些意味深长的画面在那里，它们都是只属于我的。它们中的每一个都像我从未理解也不曾留意的显灵。已经无法回头了。可以把学到的东西凑在一起，但也没什么用。

闭上眼睛，在睁开双眼时找到她。她们中的哪一个？其中一个是面孔，另一个是腹部，还有一个是一道目光。还有多少个？在爱情中不存在可笑、俗气或淫秽的姿势。假若没有爱情，一切都是可笑、俗气或淫秽的。规则和传统亦是如此。

不知道为什么，过去突然变得丰盈起来。我曾拥有的身体，曾呼吸的空气，曾照耀我的阳光，曾倾听过的学生，曾赢获过的耻骨，一缕朝霞，一个胳肢窝，一棵摇曳的松树。

过去变得丰盈起来，然而，那只不过是一场视觉的幻灭。因为可怜、卑微的现在只获得了一场——但却是决定性的——战役的胜利：存在。我在现在所在的地方。这场流亡不是新开

---

① 西语原文为"A Dios rogando y con el mazo dando"，有两种解释，其一为"既要向上帝祈祷，又要着手行动"，同时也指"在向上帝祈祷的同时又在掌锤（行为与口头祈祷的相反）"，此处取第二种释义。

始又是什么？每一个开始都是年轻的。而我，我这个重新开始的老头，再次年轻起来。鳏夫、老教师、言语的档案室。我注定得再次年轻起来。临死前的发胖。傻瓜们这样说道。但我却很消瘦，他妈的。在老家我们说"该死的"，但我在那里也很瘦。从"该死的"到"他妈的"，伟大辽阔的美洲故土。一个坐牢的儿子。可怜地坐牢，因为他感到精力充沛、乐观积极，没什么理由是这种精神状态。而我的感受则左右摇摆，真是的！我在现在所在的地方，而他也在现在他所在的地方。可怜的儿子啊。要是可以和他交换就好了。但他们不会同意。我不够可恶。我不曾想要将他们推倒、打翻、击溃。他曾那么想过，但最终失败了。要是可以把我关进监狱，把他放出来，也许我在那里面的日子不会那么难过。他们不会严刑拷打六十七岁高龄的我，我是这么觉得的。好吧，谁也说不准。在那里，我也会闭上眼睛，这样就能从铁栏中解脱出来。也许还能够直达事物的底部。但不可能。我在现在所在的地方，而他也在现在他所在的地方。闭上眼睛看见我的儿子，但睁开双眼却看见了她。哪一个？也许是船上那个。也许是树下那个。或是捧着鸟的那个。上帝哺育女人，而女人则各自分散开来。假如我是上帝，我会明确无误地命令树下那个女人出现。但我不是上帝，于是出现的女人是莉迪亚。

受伤的和瘀青的
（可怕的恐惧）

格蕾西拉在第二季度的报告中打下句号。她在将原件和七份复印件从电子打字机里拿出来之前深深吸了一口气。办公室已经没有人了。她加了三个小时的班。不是为了挣加班费，而是因为老板很着急，他是个好人，明天是第二季度报告的截止日期。

她把最后一页与其他三十三页并在一起。明天早上一上班她就会把原件和七份复印件分装进八个文件夹里。此刻的她太累了。她把所有文件都放进第二个抽屉，将塑料袋罩在打字机上，看了看自己被碳染黑的双手。

她走进洗手间，仔仔细细洗了洗手，把头发梳好，用唇笔在颜色已暗淡并干涸的嘴唇上涂了涂，然后不带笑容地注视着镜子里的自己，但却轻轻扬起眉毛，仿佛在审问自己，质疑自己，或仅仅是在确认自己有多么疲倦。她把重新画过的嘴唇并拢，轻轻叹了口气。随后她回到办公桌；从第一个抽屉里拿出她的手提包，从衣架上取下大衣，套在身上。她打开门，走向过道，在把灯和门关上之前，再次看了一眼办公室。一切正常。

当电梯门打开时，格蕾西拉大吃一惊。她以为办公室已经没人了，但电梯里却站着西莉亚。西莉亚也很惊讶。

"我有多久没见到你了！怎么这么晚了还在办公室？"

"在赶第二季度的报告。内容太多了。"

"你对你老板也太好了。也许某天你还会和他上床。"

"不会的，别担心，亲爱的。他不是我的类型。但他是个好人。况且，他并没有要求我做这个报告。再说了，他也没和我一起留下来加班。"

"亲爱的，你不用解释得这么认真。我不过是开玩笑罢了。"

她们来到街上。起雾了，因此司机们也就理所当然地有些恼怒。

"想喝杯茶吗？"

"不想喝茶。酒倒是可以。在弄完三十四页的报告以及七份复印件后，喝杯酒对我有好处。"

"很好。借口万岁！"

她们在窗边坐下。在旁边一桌，一位穿着考究的年轻男士朝她们投来审视的目光。

"噢，"西莉亚低声说，"看起来我们依然还会受人关注呢。"

"这会让你感到兴奋呢，还是抑郁？"

"不知道。取决于我的心情，也取决于关注者的模样吧。"

"那么具体到这一个，他让你感到兴奋吗？"

"不。"

"谢天谢地。"

服务生轻轻将两杯酒放在桌上。

"为了健康干杯！"

"为了健康和自由！"

"不错。一切都被包括进去了。"

"事实上，那应该是阿蒂加斯[①]的口号。"

"真的吗？你怎么知道？！"

"要是你像我一样和圣地亚哥生活了这么多年，你也会成为阿蒂加斯通的。他一直都是阿蒂加斯的死忠。"

西莉亚趁机喝了一口酒。

"最近有他的消息吗？"

"没什么特别的消息。他周期性地给我写信，除了受罚的时候。他心情不错。"

"有被释放的可能吗？"

"有可能。但希望并不大。"

那个钟头的街道让人昏昏欲睡。两个女人沉默了一阵子，

---

① Artigas（1764—1850），乌拉圭民族英雄，乌拉圭独立运动领袖。

看着街上的汽车，挤满人的公交车，遛狗的女人，举着生平告示的乞讨者，衣衫褴褛的小孩，俊俏的年轻人，警察。率先从这场对日常生活场景的观看中抽身而出的是西莉亚。

"你呢？你怎么样？怎么忍受这么漫长的分离？"她停顿了一下，"要是不想说，就不用回答我。"

"事实上，我是想要回答你的。问题在于我没有答案。"

"你不知道自己的感受吗？"

"我感到混乱、迷茫、没有安全感。"

"这是正常的，不是吗？"

"也许吧。但当我想要回答你的第二个问题时，就不觉得那么正常了。关于如何忍受分离的问题。"

"怎么了？"

"实际情况很简单，我就是忍受住了。过分简单化地忍受住了。这并不正常。"

"格蕾西拉，我不太明白你的意思。"

"你知道我和圣地亚哥的感情有多么好。你也知道我们俩在政治方面的看法从来都是一致的。我们俩站在同一边。即使他在监狱里，我在这里。当他被带走时，我以为自己无法承受。我们的结合并不只是身体上的，也是精神上的。你无法想象在最开始那段时间我有多么需要他。"

"现在不需要了？"

"事情并不是那么简单。我依然爱着他。在经历了十年美妙无比的关系后，我怎么可能不爱他？他在坐牢这件事让我觉得十分恐怖。我能够完全理解他的缺席将会对贝阿特丽丝的成长造成什么样的影响。"

"你说得没错，但那些都在天平的一侧。另一侧呢？"

"问题在于，被迫分开让他变得更温柔，但却让我变得更坚强。我直接跟你说吧——这一点我从没对任何人坦白过，甚至连对我自己坦白都是一件非常困难的事：我越来越不需要他了。"

"格蕾西拉。"

"我知道你会说什么：这不公平。我当然知道。我不会傻到连这一点都不知道。"

"格蕾西拉。"

"但我无法自欺欺人。我对他依然有感情，但那是革命战友之间的爱，而不是夫妻之间的爱。他非常想念我的身体（他常常在信里暗示这一点），但我却对他的身体毫无需求。这让我感到，怎么说呢，感到内疚。因为事实上我也不知道自己到底是怎么回事。"

"应该是有原因的。"

"当然，你一定觉得有另一个人的存在。但是并没有。"

"真的吗？"

"到目前为止还没有。"

"为什么说'到目前为止'？"

"因为那个人随时都可能出现。我对圣地亚哥的身体没有需求并不意味着我的身体也死气沉沉。西莉亚，我已经四年没有做过爱了。你不觉得很夸张吗？"

"我不知道。我真的不知道。"

"当然了，你有佩德罗。而且你们关系不错。真幸运。但假如你四年没有见过他、没有摸过他，也没有被他看见、被他摸过的话，你会怎么样？"

"我不知道，也不想知道。"

"对，这终归不是你的问题，你不愿意被无故地牵扯进去，我完全可以理解。但我却清楚知道在我身上发生了什么。我不可能不知道。我可以向你保证，这一切一点儿也不容易，不舒服，也不好受。"

"你没想过一点儿一点儿地在信里告诉他吗？"

"我当然想过。那让我产生一股可怕的恐惧。"

"恐惧？恐惧什么？"

"恐惧会把他击溃。恐惧会把我自己击溃。我也不知道。"

在墙内

(增补)

收到你的消息就好像是打开了一扇窗户。你跟我讲述的关于你、贝阿特丽丝、老头儿、工作和城市的事。我了解了你们的作息时间，因此也就可以在任何一刻开启我的想象：格蕾西拉此刻正在打字；老头儿正准备下课；贝阿特丽丝正在匆忙地吃早餐，因为快要迟到了。当一个人的身体被迫固定在一个位置时，他的思想会变得异常敏捷。他可以随心所欲地将当下延伸开来，或令人眩晕地延伸向未来，或朝向过去——那是最危险的，因为回忆在那里，所有的回忆，好的回忆，普通的回忆，和糟糕的回忆。爱也在那里，或者说，你在那里，伟大的忠诚和惊天的背叛也都在那里。曾经可以做但却没有做的事在那里，曾经可以不做但却做了的事也在那里。选择了错误道路的十字路口。电影就是从那里开始的；我的意思是，要是选择了另一条路、那条当时被否决的道路，结局又会是怎样呢。通常而言，在播放了几卷胶片后，就会停止放映，心想，挑选的那条路并非那么不堪，也许，假如今天有机会再次站在同一个十字路口，依旧会做出同样的选择。会有一些变化，这是肯定的。绝不会再那么天真。会更谨慎，以防万一。但却会保持基本的方向。这些漫长的空白期常常叫人气馁，但从另一个角度来看，它们也是有益的。在被捕前的那段时期，一切都发生得那么迅速，在充满了张力和不可避免的危机、需要做出许多决定的环境中，根本没有时间也没有心情来进行反思，来一而再再而三地思考我们的策略，来看清我们自身的处境。现在却有了时间，有了太多的时间，太多的失眠，太多做同样的噩梦、看见同样的阴影的夜晚。很自然地（也很容易地），你会问自己，现在要这么多时间有什么用，这迟到的、不合时宜的且没用的思考究竟有什么用？然而，它却有用。这段荒芜的时光的唯一好处是带给我们成熟的可能性，了解自我的局限，自身的弱点和优势，让我们一点点靠近自我的真相，不要对实现不了的目标抱有幻想，相反，要快速整理心情，纠正态度，锻炼耐心，为了能够实现某一天确实可以实现的目标。在如此特殊的情况下，你会对此深究到底（我将冒险向你坦白）：虽然我无法就我的噩梦制订一个五年计划，但我却能够睁着眼一章一章地做梦。我就是这样一点儿一点儿地剥开并查看我曾经想要的以及现在想要的东西，我曾做过的以及将要做的事。因为某一天我将能够再次做事，不是吗？某天我将离开这奇怪的流亡，再次融入世界，不是吗？我将成为一个不同的人，我觉得自己甚至会成为一个更好的人，但永远不会是曾经或现在这个自己的敌人；只会是一种增补。是啊，收到你的消息就好像是打开了一扇窗户，但却让我无法抑制地想要多打开几扇窗，甚至想要（绝对是疯了）打开一扇门。然而，我却注定只能看见那扇门的背面，它的背脊充满了敌意，十分粗糙且牢固——尽管它永不会像一个好论据、一个有依据的理由那般牢固。收到你的消息就好像是打开了一扇窗户，但和打开一扇门相比还是差了一点儿。也许我提"门"这个词提得太过频繁了，但你得明白，关在这里的人对这个词十分痴迷，也许你会觉得难以置信，但这个词却比"铁栏"还要出现得频繁。铁栏就在那里，真真正正地存在着，其卑微的身份被充分接纳与理解。但铁栏无法变成别的东西。既不能打开铁栏，也无法关上它。相反，一扇门可以成为许多东西。当门关上时（门通常都是关着的），它是封闭，是禁止，是沉默，是暴怒。当门打开时（不是因为放风、劳作、惩罚而打开——那是另一种形式的关闭——而是向着世界打开），它将意味着重新获得现实、爱人、街道、味道、气味、声音、图像和自由的感觉。比如，它将意味着再次拥有你、你的拥抱、你的嘴唇、你的头发和——咳！为什么要试图去打开一道不会让步的门闩、一把坚不可摧的锁？但"门"的确是这里最常被提及的一个词，比其他那些位于门的另一侧的词都更常被提及，因为我们都

70

知道，想要抵达那些词，抵达"儿子""妻子""朋友""街道""床""咖啡""图书馆""广场""体育场""海滩""港口""电话"那些词，首先必须得跨过"门"这个词。而这个词，这扇总是背对着我们的门，就在那里，严厉冷漠、残酷无情地看着我们，既不给我们承诺，也不给我们任何希望，狠狠关在我们的眼前。然而，我们也绝不会就此认输；我们会组织反囚禁的运动，我们写信，在写信的时候既要想着收件人，也要考虑到审查制度。或是筹划要写的内容，习惯性地进行自我审查，但会比通常更勇敢一点，或是像现在这样，反复咀嚼畅所欲言的独白，也许连废纸边都沾不上。但我们的运动最值得一提、最积极的一点恰恰是从中创造承诺、看到希望（不是难以置信、轰轰烈烈的希望，而是有节制、可达成的希望）、想象某天能打开那扇关在眼前的门。有的时候（虽然并非所有时候）我们可以玩纸牌或象棋。啊，可是我们有游戏未来的权利啊，当然，在那取决于偶然性的游戏中，我们会塞一张牌在袖子里，或把某个极具创意的将军藏起来，我们不会在日常游戏中把它们用掉，而会把它们留到重要场合，比如当我们遭遇卡帕布兰卡①或阿廖欣②的时候，更不用说卡尔波

---

① Capablanca（1888—1942），古巴国际象棋大师，曾是国际象棋世界冠军，也是国际象棋变体卡帕布兰卡象棋的作者。

② Alekhine（1892—1946），俄裔法国国际象棋大师，曾四次获得国际象棋世界冠军。

夫①了，毕竟他还活着，而且他的名字还有被抹去的可能。此外，在音乐不会将我或室友带去另一个地方的情况下，我们也谈论音乐和音乐家。无论当我一个人还是和别人在一起时，我都能回忆起曾经看过或听过的精彩演出。于是，我会跟他讲述（在那些遁世的时刻，我会对自己讲述）曾在索里斯剧院看过莫里斯·切瓦力亚②的演出，他那时已经很老了，但依然风趣迷人，让所有观众都相信他那些老掉牙的笑话是即兴编出来的；我也在广场酒店听过路易斯·阿姆斯特朗③现场演出，他那令人难以抗拒的充满人性的粗哑嗓音至今依然在我的脑海里回荡；在索里亚诺街的某个忘了名字的西班牙中心看过夏勒·特雷内④的演出，人们坐在餐厅式的椅子上，而我们这些孩子则坐在地上，那个法国人有点儿做作，但唱功却很好，我在多年后才知道那些歌曲叫作《大海》和《晚上好漂亮的女士》；我还看过玛丽安·安德森⑤的演出，不记得是在索德里还是在索里斯看的了，但我却清晰记得那位黑人女性高大且优雅的体态，魔咒般的声音仿佛在哭诉其种族悲惨的命运；在很

---

① Karpov（1951—），俄罗斯国际象棋大师。

② Maurice Chevalier（1888—1972），法国演员、歌手。

③ Louis Armstrong（1901—1971），美国爵士音乐家，20 世纪著名的爵士音乐家之一，被称为"爵士乐之父"。

④ Charles Trenet（1913—2001），法国歌手、作曲人。

⑤ Marian Anderson（1897—1993），美国歌手，20 世纪著名的歌手之一。

多年后，我见过罗伯－格里耶[①]，他一再强调在加缪[②]的《异乡人》中，过去完成时的使用比小说的情节更为重要；我也听过梅赛德斯·索萨[③]的演出，她独自一人，以近乎秘密的方式在位于杜拉斯诺街的什特洛夫斯基犹太文化学院吟唱；我还看过罗亚·巴斯托斯[④]，非常谦逊和坦诚，他对着一群人数少到让人羞愧的观众说，巴拉圭一直活在其突变元年之中；我也见过埃塞基耶尔·马丁内斯·埃斯特拉达[⑤]，那是在他去世前几个月的一场演讲，演讲的主题我已经不记得了，因为我的注意力完全集中在他那干瘦憔悴的面孔上，其唯一的生命迹象来自小眼睛发出的锋利的目光；我也看过内夫塔利·里卡多·雷耶斯[⑥]，好开玩笑，爱讽刺，微妙的虚荣，极具诗人气质，像诵读诗歌一般讲述他对黑岛的回忆；我也在滨海广场见过来自另一个岛的人[⑦]，被那意料之外的会面的持久性、冲击力和风格

---

① Robbe-Grillet（1922—2008），法国作家和电影制片人，新小说代表人物之一。

② Camus（1913—1960），法国小说家、哲学家、戏剧家和评论家，《异乡人》是他1957年获得诺贝尔文学奖的作品。

③ Mercedes Sosa（1935—2009），阿根廷民谣歌手，被称为黑女士，是阿根廷新民歌运动的重要人物。

④ Roa Bastos（1971—2005），巴拉圭小说家，20世纪重要的拉丁美洲作家之一。

⑤ Ezequiel Martínez Estrada（1895—1964），阿根廷作家、诗人、杂文家、文学评论家。

⑥ Neftalí Ricardo Reyes（1904—1973），笔名巴勃罗·聂鲁达，智利外交官与诗人，1971年诺贝尔文学奖得主。

⑦ 来自另一个岛的人指古巴政治家、军事家、革命家菲德尔·卡斯特罗，他曾在1959年到访乌拉圭。

所挑动，但那却让其他许多人感到不安。童年的回忆，青春期的回忆，成年的回忆，毫无疑问，它们都是属于我的回忆。也就是说，当我掀开幕布，我，啊，你可以发现，我是多么有趣，我对自己鼓掌，对自己喊：安可，安可，安可，安可。

流 亡
（站在门廊的男人）

大约二十年前，我在蒙得维的亚见过西莱斯·苏亚索[①]总统，他是在某次成功的军事政变之后流亡（在那时候被称为流亡）到乌拉圭来的，那些数不尽的军事政变让玻利维亚的历史伤痕累累。那时候的我只出了寥寥几本书，在一家大型房地产公司做会计。

某天下午，桌上的电话响了，一个低沉的声音说道："我是西莱斯·苏亚索。"我一开始以为是玩笑，但琢磨着那也有可能是真的，因此没有立即回话。我处于惊愕之中，还好他解开了我的疑惑。他打电话是为了邀我去诺加罗酒店与他见面。我以为他会跟我谈玻利维亚以及夺取了政权的军人，但无论如何也不明白他为什么会选择我。但我错了。

----

① Siles Zuazo（1913—1996），玻利维亚政治家、前总统。

我在几年前发表了一篇关于马塞尔·普鲁斯特[①]与罪恶感的文章。西莱斯·苏亚索是想要与我聊聊普鲁斯特和一些文学话题。我发现那个内陆国的政治家、那个我从好几个朋友那里听说过关于他的公民勇气的轶事的人物，竟然是一个非常有文化的人，一个当代文学的忠实读者。

　　于是，我们一边喝茶、吃点心，一边聊普鲁斯特。只缺玛德琳蛋糕了。为数不多的聊起政治的时刻，都是我提出的疑问。而他则一心只想聊文学。顺便提一句，他的一些见解非常敏锐，充满了智慧。

　　在那次会面后，我们又在诺加罗酒店喝过几次茶，我对那些会面抱有非常恬静且愉快的回忆。在那之后不久，他离开了蒙得维的亚，再次加入对他而言不可替代的玻利维亚的政治斗争与兴衰变迁之中。

　　我有好多年没见到他，但却一直关注他孜孜不倦的政治事业：在情况允许的时候合法进行，在不允许的情况下则秘密进行。在一个大雨的夜晚，约莫是 1974 年，在布宜诺斯艾利斯，我在巴拉圭街附近躲雨，当我小跑着经过一道门廊时，突然觉得自己认得那个站在门廊躲雨的男人。

　　我倒转回去。是西莱斯博士。他也认出了我。"您也没躲掉流亡的命运哪。""是啊。当年我们在蒙得维的亚聊天时，完

---

① Marcel Proust（1871—1922），法国意识流作家，最主要的作品为《追忆似水年华》。

全没想到会有今天吧?""是啊。"我在昏暗中看不清他的笑容,但我可以想象。"在这意料之外的流亡中,您现在处于哪个阶段?"我有些羞愧地回答:"第三段。""那不用太难过。我这是第十四段。"

那一晚,我们没有聊普鲁斯特。

贝阿特丽丝

(这个国家)

这个国家不是我的国家，但我还挺喜欢它的。我不知道和我自己的国家相比，我更喜欢哪一个。我很小的时候就来这里了，几乎不怎么记得我的国家。其中一个区别是在我的国家有马，而在这里却有"麻"①。但它们都会嘶叫。母牛哞哞叫，青蛙呱呱叫。

这个国家比我的国家大，但主要是因为我的国家太小了。在这个国家住着我爷爷拉斐尔和我妈咪格蕾西拉。这里还住着其他几百万人。知道自己和几百万人住在同一个国家是件很美好的事。当格蕾西拉带我去市中心时，街上人山人海。街上的人非常非常非常非常多，多到我都觉得自己已经认识了这个国家几百万人中的每一个。

---

① 这里指西语"马"（caballo）一词在不同国家的发音不一样，用"马"的近音词"麻"代指不同的口音。

星期天的街道几乎空无一人，我心想，星期五看见的几百万人都跑哪儿去了？我爷爷拉斐尔说星期天人们都待在家里休息。休息的意思是睡觉。

这个国家的人睡很多觉。特别是星期天，因为几百万人都在睡觉。假如每个睡着的人每小时打九次鼾（我妈咪打十四次），也就是说，每一百万居民每小时会打九百万次鼾。也就是说，这里会充满鼾声。

我睡着的时候偶尔会做梦。我几乎总是梦见这个国家，但在某些夜晚我也会梦见我的国家。格蕾西拉说这不可能，因为我不可能记得我的国家。但在梦里我却记得，尽管格蕾西拉说我在骗人。我没骗人。

我梦见爸爸牵着我的手带我去维拉多洛雷斯——那是动物园的名字。他买花生给我，让我喂猴子，那些猴子不是这里动物园的猴子，因为我认得这里的猴子，也认得它们的妻子和孩子们。我梦里的猴子是维拉多洛雷斯的猴子。我爸爸对我说，贝阿特丽丝，你看见这些铁栏了吗，我现在住的地方也是这样。于是，我哭着在这个国家醒来，格蕾西拉不得不来到我的床前，对我说，乖孩子，这不过是一个梦而已。

我说，居住在这个国家的几百万人里面，竟然没有我爸爸，真遗憾！

受伤的和瘀青的

（醒着时的梦）

"看到了吧，这就是我为什么不想让你一个人去上学的原因。"

"我做了什么？"

"别装傻了。"

"我到底做了什么？"

"你差点儿闯红灯。"

"没有车啊。"

"当然有车，贝阿特丽丝。"

"但离得还远。"

"走吧，绿灯了。"

她们经过超市。然后走到干洗店门前。

"格蕾西拉。"

"怎么了？"

"我向你保证绝不再闯红灯。"

"你上个星期也保证过。"

"但我现在真的向你保证。你原谅我了吗？"

"不是原不原谅的问题。你难道没意识到如果闯红灯你很有可能被车撞吗？"

"你说得对。"

"贝阿特丽丝，要是你发生了意外，我该怎么办？你父亲会多么难受？你从来没想过这一点吗？"

"妈咪，我不会发生意外的。不要哭。求求你了。我再也不闯红灯了。格蕾西拉。妈咪。别哭了。"

"我没哭了，傻瓜。走吧，进去。"

"还早呢。还有二十分钟才上课。阳光很好。我想和你多待一会儿。"

"马屁精。"

说完，格蕾西拉稍微放松了一些，微笑起来。

"你原谅我了吗？"

"嗯。"

"你现在要去办公室吗？"

"不去。"

"你休假吗？"

"我上周加了很多班，所以这周一休息。"

"那你准备干什么？去看电影吗？"

"不去。应该回家吧。"

"下午你会来接我吗？还是说我自己回家？"

"我希望我可以信任你。"

"妈咪，你可以信任我的。什么意外也不会发生。真的。"

贝阿特丽丝没有等格蕾西拉回答。她匆匆在她的脸颊亲了一下就跑进了学校。格蕾西拉待了几秒钟，看着她跑远。接着，她抿了抿嘴唇，离开了。

她走得很慢，手提包摇晃着，她时不时地停下脚步，仿佛迷路了一般。在走到大马路时，她看了看那一排高楼大厦。突然，过马路的人群擦过她身旁，推着她，喃喃说着什么，终于，她也决定穿过马路。但她还没来得及走到对面的人行道，信号灯就变红了，一辆卡车为了避开她不得不突然大转弯。

此刻她拐入了一条几乎没人的街道，街上有好几个塞得满满的垃圾桶，发出阵阵恶臭。她走近其中一个，饶有兴致地查看里面都有什么。她做出想要把手伸进去的样子，但终究没有那样做。

她走过两个、三个、五个、十个街区。在抵达另一条大马路前的路口，有一个在乞讨的女人。在女人身旁睡着两个很小的孩子。格蕾西拉走到她身旁，女人再次开始老生常谈。

"您为什么乞讨？嗯？"

女人惊讶地看着她。她习惯了路人对她施舍、拒绝或漠不关心。但并不习惯对话。

"什么？"

"我说您为什么乞讨。"

"为了不挨饿，女士。上帝保佑。"

"您不能工作吗？"

"不，女士。上帝保佑。"

"不能还是不想？"

"不，女士。"

"不什么？"

"没有工作。上帝保佑。"

"别再惊扰上帝了。您没意识到上帝并不爱您吗？"

"别这么说，女士。别这么说。"

"拿着。"

"谢谢，女士。上帝保佑。"

此刻，她的步伐更加坚定，也走得更快了。乞讨者惊愕地呆在那里。其中一个孩子突然大哭起来。格蕾西拉转过头看了看他们，但并没有停下脚步。

当她走到离家两个路口的地方，远远看见了罗朗多。他靠在门前。她又走过一个路口，冲着他高高挥舞着胳膊。他好像没看见她。她重复那个动作，于是他也挥舞着胳膊回应她，并朝她走来。

"你怎么知道我会回家？"

"很简单。我打电话到你办公室，他们说你今天不上班。"

"我差点儿就去了电影院。"

"嗯，我也想到了那个可能性。但阳光太好了，我觉得你不大可能会把自己关进电影院。所以我跑来这里，你瞧，我猜对了。"

他吻了吻她的脸颊。她在手提包里摸索了一番，找到钥匙，打开了门。

"进来。请坐。想要喝点什么吗？"

"不用。"

格蕾西拉打开百叶窗，脱下大衣。罗朗多打量着她，有些好奇。

"你哭过？"

"看得出来？"

"你的脸上清楚地写着：暴风雨过后。"

"呸，只不过是一场毛毛雨罢了。"

"发生了什么？"

"没什么。因一个乞讨者而引起的莫名其妙的气馁，在那之前跟贝阿特丽丝发了一通名正言顺的火。"

"跟贝阿特丽丝？她那么可爱。"

"是个好孩子。但我总拿她没办法。"

"到底发生了什么？"

"都是我的错。她过马路太不小心了。让我担心。"

"仅此而已？"

罗朗多递给她一支烟，但她拒绝了。他拿起一支烟，点燃，然后吐了一口烟，透过烟雾看着她。

"格蕾西拉，你打算什么时候做决定？"

"做什么决定？"

"决定对你自己坦白。我也不知道那是什么。但很明显，是某个你不愿意承认的东西。"

"别又提起这个话题，罗朗多。你那种家长式的语调让我受不了。"

"格蕾西拉，我认识你很久了，比圣地亚哥都要早。"

"没错。"

"正因为我了解你，我知道你不好受。"

"是的。"

"这种感受会一直持续下去，直到你承认它为止。"

"也许是吧。但那很难，不好受。"

"我知道。"

"它关于圣地亚哥。"

"啊。"

"更是关于我。哎，也没那么复杂。但是太难了。罗朗多，我也不知道自己是怎么回事。要承认它太恐怖了。事实上，我不再需要圣地亚哥了。"

"这种感受是从什么时候开始的？"

"别问我日期，我也不知道。太荒谬了。"

"先别对它定性。"

"太荒谬了，罗朗多。圣地亚哥什么也没对我做过。他只不过被关进监狱里了。你怎么看？一个人在经历了这么多以后，还会遭遇比这更残忍、更恐怖的事吗？那即是他对我做的事。被关进监狱。抛弃了我。"

"他没抛弃你，格蕾西拉。他是被带走的。"

"我知道。正因如此我才觉得荒谬。我知道他是被带走的，但我却感到仿佛被他抛弃了一般。"

"你因此而责怪他？"

"没有，我怎么会责怪他？他表现很好，可以说是完美无瑕，忍受住了拷打，很勇敢，谁也没有出卖。他是个楷模。"

"然而？"

"然而，我却越走越远。距离给了我喘息的机会，让我能够重新审视我们的关系。"

"你们的关系很好。"

"非常好。"

"所以呢？"

"但现在不好了。他依旧给我写亲密、热情、温柔的信，但我在读那些信的时候，却感觉它们是写给另一个人的。你可以告诉我是怎么回事吗？是监狱把圣地亚哥变成了另一个人？还是流亡将我变成了另一个人？"

"都有可能。但也可以让你们互补，变得更丰盈，成为更好的人。"

"我既没有变得更好，也没有变得更加丰盈。我感到自己更贫穷，更枯萎了。我不想继续这样贫穷枯萎下去。"

"格蕾西拉。你依然保持与圣地亚哥一致的政治态度吗？"

"当然。那也是我的政治态度，不是吗？只不过他被关进监狱了，而我则在这里。"

"你因他所造成的这个困境而谴责他吗？"

"你疯了吗？他做了他应该做的事。我也做了我应该做的事。你的方向搞错了。在那一点上我们过去持一致的态度，现在也依然团结在一起。我脱离了他的部分是我们两个人的关系。不是社会关系，而是夫妻关系，你明白吗？至少在这一点上我非常确定。我不确定的是其中的原因。那让我感到痛苦。假如圣地亚哥做了什么卑劣的事，或者我看见他对别人做了什么卑劣的事的话……但是他并没有。他是个无可非议的人。忠诚，好朋友，好同事，好丈夫。我曾经那么爱他。"

"那他呢？"

"他没变，看起来还跟从前一样。发疯的人是我。"

"格蕾西拉，你还很年轻。你很漂亮，很聪明，有时候甚至还很温柔。也许你需要的是回应，是情感上的互动。"

"哎，那很困难。"

"那是圣地亚哥无法通过写信给予你的，在受审查的信件中就更难了。"

"有可能。"

"我可以问你一个冒失的问题吗?"

"可以。我也可以不回答你。"

"好的。"

"问吧。"

"你会梦见别的男人吗?"

"你是指春梦吗?"

"是的。"

"你指的是睡着时的梦还是醒着时的梦?"

"两者都算。"

"我睡着的时候不会梦见任何男人。"

"那醒着的时候呢?"

"醒着的时候的确会做梦。你会笑话我。我会梦见你。"

拉斐尔先生

（好看的和丑陋的疯子）

　　圣地亚哥来信了，他很好。我学会了读他字里行间的意思，明白他依然保持着理智。那正是我所害怕的。并非害怕他揭发他人或是变得软弱。不是。我自认为很了解我的儿子。我害怕的是他会从理智滑向不知道哪里去。狱长（我忘了是上一个监狱还是倒数第二个监狱的狱长）曾说过："我们在有机会将他们全部消灭时没敢将他们消灭，在未来某个时刻，我们不得不将他们释放。我们应当利用这段时间，把他们全都逼疯。"他至少很坦诚，不是吗？坦诚且卑鄙。但那不知廉耻的坦白从某种意义上道出了其中的关键：在他们身上，在那些狱警身上，存在着某种疯癫的东西。利用这段时间来发疯的人是他们。但他们并非好看的疯子，而是畸形且丑陋的。天生的、自愿的疯子，那是最卑贱的发疯的形式。他们曾拿过古利克堡①的奖学金，在那里学会了疯癫。尽管那位狱长的话是在五年前说的，但我却紧紧抓住他那令人不寒而栗的计划中唯一让我看到一丝希望的十七个字不放："在未来某个时刻，我们不得不将他们释放。"也就是说，他们"在有机会消灭"圣地亚哥的时候"没敢将他消灭"，但他会成为在被逼疯以前获得释放的一员吗？我希望是的。圣地亚哥成功获得了（更准确地说，是在自身发现了）一种奇怪的生命力。坠入地狱且没被烧成灰烬。也许被烧焦了。我认为，在那里，与其抱有希望，更重要的是紧紧握住理智。而他依旧保持着理智。敲木驱邪②。为了以防万一，最好用没有腿的木头：比如这把橄榄木做的汤勺，况且它还是莉迪亚送的礼物。圣地亚哥之所以依旧保持着理智是因为他自愿钻进了理智之中。而且他聪明谨慎地配给他的憎恶，这一点非常关键。只有在能够掌控憎恶的情况下，憎恶才会让人鼓舞、赋予人生命力；假如无法掌控憎恶，那么它就会让你失去理智，将你摧毁。我知道，在经历了无尽的凌辱和缄默之后，在被死亡、无休止的恐惧和周期性的拷打折磨得无比恶心之后，要保持理智是一件非常困难的事。在经历了所有那一切之后，依然保持着理智可能也是疯癫的一种体现。这是他忠贞于理智的唯一一种解释。当然，也是出于对原则的坚持。

———————————

① Fort Gulick，建在巴拿马运河区的美国军营。

② 在许多国家，有用敲打木头来驱赶邪气，招来好运的传统。

但也有很多人，他们拥有许多牢固且公开的原则，然而却没能坚持住，于是他们感到糟透了。需要明确指出的是，我并非要审判那些人，因为一个人只有真正经历过火焰，才会知道自己是谁，自己到底有多么耐烧。坦白说吧，在我看来，原则当然是一个非常重要的因素，但只是其中之一。其他的还包括尊重自己，忠实于他人，尤其需要非常顽固，未经雕饰的固执，另外，我此刻突然想到的，还需要对死亡循序渐进地去神话化。因为这一点毫无疑问是他们手中最强大、最具杀伤力的武器：确实可能发生的死亡，隐约显现的死亡——况且那不是随便一种死亡，而是自身的死亡。一个人只有在自我面前镇压死亡，只有抹去死亡传奇性的名誉，才能在对抗中获胜。他必须得说服自己，假如可以安详地死去，假如可以问心无愧地死去，那么终究也不是那么糟糕的事。然而，我（我这样一个从未经历过死亡威胁的人）却依然觉得那肯定一点儿也不容易，因为在那种情况下，人是非常孤独的，既没有肮脏的屋顶和墙壁的陪伴，也没有击溃他的那些猥亵的面孔的陪伴；他只有头上的兜帽，更确切地说，是麻布袋的反面；陪伴他的只有心跳过快、胃痉挛、窒息和无止境的痛苦。当然，在这一切都结束以后，在他意识到自己幸存下来了的时候，他应该还会拥有一丝剩余的尊严，以及怨恨永恒的沉淀。它永远不会离开，即使未来的生活会带来安全感、信任、关爱和坚定向前的步伐。怨恨的沉淀可能会变成流行病，甚至可能会传染给安全感、信任、关爱和坚定向前的步伐，也许还会牵连到他人的未来。也就是说，这些无情的狱卒，这些虐待专家，这些令人厌恶的食人动物，这些"圣陷阱教团"的祭司们，他们的罪恶不只存在于当下，也将会投射到无限的未来。他们不应该只为每个个体的仇恨负责，或只为这些仇恨的总和负责，而且也应该为腐蚀了整个社会古老的根基而负责。当他们严刑拷打某一个人的时候，无论是否将他杀死，他们同时也在折磨他的妻子、父母和子女，伤害一切与他相关的生活——即使他们并没有将那些人关起来，即使他们只是把那些人茫然失措地独自留在惨遭蹂躏的屋子里。当他们镇压一名革命者时（譬如圣地亚哥的案例），他们逼迫他的家人流亡，将时间撕成碎片，篡改那个分支（那个小宗派）的历史。在流亡中重整出发并非像人们常说的那样，是从零开始，而是从负四、负二十甚至是负一百开始。那些无情的人，那些用军事残忍赢得军衔的人，那些从清教徒起家最后却变得彻底腐败的人，他们为我们的社会插入了一个冗长的括号，也许某一天后括号会终于被写上，但到了那时候早已没人能理解句子本身的含义了。需要编造另一个句子，用不一样的词语来造句（因为一些优美的词语也被他们拷打、处死或添加到消失者的名单中了），在那个句子里，主语、介词、及物动词和直接宾语都不再相同。语法在那个剖腹产的社会也将得以改变。那个新生的社会将是那么地柔弱、贫血、迟疑且过于谨慎，但随着时间的流逝它会逐渐成长，创造出新的规则和新的例外，崭新的词语将会从那些过早被烧毁的灰烬中冉冉升起，连接词也将能够更好地把留下的词语以及那些离开后又返回的词语连接起来。但一切都不可能与73年^①前一样了。会变得更好或更糟，我也不确定。我更不确定自己是否能够适应那个转变后的国家（假如某天真的能够回去的话），那个此刻正在禁锢的密室中孕育的国家。是的，也许去"流亡"化会跟"流亡"本身一样艰难。新社会不会由我这样的老人来建立，也不会由罗朗多或格蕾西拉那般的成熟的年轻人来建立。当然，我们是幸存者，但我们也是受伤的、瘀青的。他们，和我们。那么将会由今天的孩子们（比如我孙女）来建立吗？我不知道，我真的不知道。也许那个摇摆的、特殊的国家未来的主持人和创造者将是那些今天生活在国内的孩子们。而不是那些视网膜收集了奥斯陆的雪景、地中海的日落、特奥蒂瓦坎的金字塔、亚壁古道的摩托车或冬季瑞典黑暗的天空的孩子们。也不是那些目睹过阿拉米达的乞讨者、拉丁区的吸毒者或加拉加斯的醉鬼，见证过特赫罗在马德里发动的政变或德国奇迹的新纳粹破坏的孩子们。他们至多可以提供一些帮助，告知他们学到的东西，探寻被遗忘的事物，努力适应和斗争。但是在不久的将来铸造那个全新且特殊的国家（那个依然是个谜的国家）的人将会是今天的青少年，那些曾经在那里且依然在那里的人，那些在童年就目睹过痛苦的斗争且并不健忘的人，与其他同龄的

_____

① 指1973年。

青少年（69、70年）一样，他们被视作敌人，被打得遍体鳞伤，他们眼睁睁看着自己的父亲、叔伯，有时候甚至是母亲或祖父母被带走，并且要到很久很久以后才能再次见到他们——但却是从铁栏后面、从远处或是从沟通不便和情感上的疏离看见他们。他们看见人们哭泣，他们也站在不允许打开的棺材边流泪，见证随后在街角降临的振聋发聩的沉默，以及剪断头发和对话的剪刀，当然了，还有很多摇滚乐、自动点唱机和角子机，为了让人们忘记那些难以忘记的东西。我不知道会在什么时候发生，以什么样的方式发生，但今天的那些小孩会成为一个现实主义国家的先锋。而我们这些老人呢？用西班牙人的话来说，我们这些老人都是灵车。好吧，到了那个时候，我们当中头脑还依然清醒的人，灵车还依然可以行驶的人，将帮助他们记起他们曾看见的东西。以及他们未曾看见的东西。

流 亡

（静止的孤独）

    国际事务专家、一家保加利亚报社驻蒙得维的亚记者 *H* 最终来到了索菲亚。在多次受到乌拉圭政权的指控后，他不得不流亡阿根廷，在那里居住了七个月。然而，在泽尔莫·米切里尼[①]和古铁雷斯·鲁伊斯[②]被谋杀后，对乌拉圭的流亡者而言，阿根廷也不再安全了。在联合国的保护下，他前往古巴，然后从那里飞往保加利亚。

    他一个人生活，远离妻子和儿女，但他肯定结交了许多保加利亚朋友，那里的人民热情友好，喜欢庄重且多愁善感地饮酒。他一定也非常喜欢那里不可思议的街道，装点着玫瑰花花

[①] Zelmar Michelini（1924—1976），乌拉圭政治家和记者，1976 年在阿根廷流亡中被绑架谋杀。

[②] Gutiérrez Ruiz（1934—1976），乌拉圭政治家，1976 年在阿根廷流亡中被绑架谋杀。

坛的街道充满了那片当然是属于季米特洛夫①的美丽土地，但同时也是我朋友瓦西里·波波夫的土地。波波夫在十多年前曾发表过一篇非常动人的文章，关于他在哈瓦那一间酒店的电梯里遇见的两位图帕马罗斯②城市游击队员。

是的，他一定已经习惯了那里的酸奶（保加利亚本地的酸奶）、东正教牧师和土耳其咖啡——后者让我觉得难以入口。尽管如此，他也一定常常感到孤独带来的让人不快的耻辱，以及每天照镜子时感到的全新的惊愕和一成不变的忍耐。

就在我于1977年年中去索菲亚参加"和平作家大会"的前几天，当了那么多年记者的H成为了新闻的主角。他像往常一样，在傍晚回到公寓，也许他躺下休息了一会儿，却从此好几天没有他的消息，直到几天后一位同事因他无故旷工而感到奇怪，于是去他家敲门，在没人开门的情况下叫来警察，打开了寓所的大门。

他躺在床上，还没有断气，但已经没了意识。大脑萎陷造成了中风。他已经中风至少三天了。重症监护也无济于事。

从严格意义上来说，他并非死于中风，而是孤独。医生说，要是发现得及时，他肯定可以得救。当同事发现时，他已经失去了意识，但据医生说，至少在头二十四个小时他是明白

---

① Dimitrov（1882—1949），保加利亚共产党中央委员会总书记和部长会议主席，国家共产主义活动家。

② 图帕马罗斯是20世纪60年代和70年代在乌拉圭活动的左翼游击队组织。

发生了什么的。当我试着去想象他一动不动躺在那里时心里在想些什么，我感到痛彻心扉的悲哀。出于对他的尊重，我不会去想象那副场景，尽管我也许是做那件事的适当人选。

两年前，当我在布宜诺斯艾利斯流亡时，住在拉斯赫拉斯和普埃雷东街的单身公寓，发生过类似的事件。哮喘发作让我在一整天的时间里都处于半清醒状态。几个朋友说他们曾打电话给我，即使电话就在床边，我也完全没听见。他们一定以为我不在家。在那个洛佩斯·雷加①统治下的阿根廷的黑暗岁月里，每天都会在垃圾堆发现十几二十具尸体，在某些特别危险的夜晚，我们中的很多人常常在朋友家过夜。我的钥匙圈总是挂着至少三把不同的钥匙。

我在下午的时候稍微恢复了一点儿意识，接了一通电话，只一通，随后再次昏迷。那唯一的举动拯救了我。而 H 却连那个机会都不曾拥有。孤独让他动弹不得。

---

① López Rega（1916—1989），阿根廷政治家、警察和作家。他于 1973 年至 1975 年间任庇隆政府的社会福利部长，是左翼团体阿根廷反共联盟发起的杀人事件的责任人之一。

另一个人

（主力和替补）

　　小贝阿特丽丝真是聪明伶俐，要是圣地亚哥能亲眼看见就好了，罗朗多知道她的缺席是那项著名任务中最艰难的一个挑战。那么多年见不到贝阿特丽丝，谁知道会是多少年。现在看起来有些希望，但又能怎么样？圣地亚哥当然也会怀念其他一些东西，其中肯定有格蕾西拉，但最艰难的一定是贝阿特丽丝，因为在被关进监狱时他才刚刚开始享受她。当然也没能享受太多，因为那是一段糟糕透顶的日子，但他每两三天就会抽时间看她，把她抱到大床上，和她玩闹一阵子，贝阿特丽丝在还是个婴儿时就非常精灵。圣地亚哥是个尽职的父亲，不像他，罗朗多·阿苏埃罗，最早是妓院的常客，后来成为汽车旅馆的常客，事实上，是政治为他的"拉美式生活"画上了句号；在最近这段日子，连汽车旅馆也变成了地下会议的举行场所，真是浪费啊，他常常因连夹克也不能脱掉而感到一些羞愧——因为必须得尊重例行在场的女同志（有句探戈这样唱道："*我只能责备自己，真是个傻瓜！*"）。会议的氛围常常很欢乐，有时候语境更是胜过文本，无论如何，他总是觉得那是那些不负责任的负责人对职权的滥用，因为与会的女同志大都魅力十足，必须集中注意力才能避免被引诱，需要聚精会神地想着冰块和雪山，直到最终忘记了需要接收和传播的信息。

小贝阿特丽丝真是聪明伶俐。今天，他在和她一起等格蕾西拉的时候聊了好一阵子。罗朗多很喜欢小女孩谈论她母亲的方式，她是如此地了解她，知道她在哪些问题上不会让步，也知道她的弱点。最有意思的一点是她在谈到这些的时候并没表现出虚荣和自大，反而带着一丝科学的严谨。当然，那种严谨在开始谈论圣地亚哥时灰飞烟灭。她把他奉为神。今天她对罗朗多——罗朗多叔叔（对她而言格蕾西拉的所有男性朋友都是叔叔，女性朋友都是阿姨）——发起猛攻，追问他关于监狱的事，牢房是什么样的，圣地亚哥是否真的可以看见天空（他说是真的，但她却说那也许只是为了让我和格蕾西拉不哭泣吧），以及既然格蕾西拉和他（罗朗多叔叔）都确凿告诉她圣地亚哥是个好人、热爱他的祖国，那么他又为什么会被关进监狱。就在那时，她沉默了几秒钟，微微闭上双眼，将精力完全集中在一个并非刚出现的疑问上，问他，叔叔，我的祖国是哪里，我知道你的是乌拉圭，但我很小就离开了那里，哎，求求你告诉我，我的祖国是哪里。当她说"我的"时，用食指指着胸部。

他不得不故意清了清喉咙、擤了擤鼻子，借此来赢得思考的时间。接着，他说，有些人，尤其是小孩，可能有两个祖国，一个主力的，一个替补的。但小女孩却追问那么她的主力祖国是哪一个。他说，你的主力祖国当然是乌拉圭呀。小女孩用指头戳了戳伤口，说，那我为什么一点儿都不记得我的主力祖国，但却对我的替补祖国非常了解呢。幸好，就在那一刻，格蕾西拉来了。她打开门（因为他们俩在窗边等待，没办法进去），洗了洗手，梳了梳头，然后命令贝阿特丽丝也把手洗一下。小女孩说，我中午已经洗过手了。格蕾西拉大发雷霆，粗鲁暴躁地拽着她一条胳膊来到洗手池旁，接着愤愤地回到罗朗多身边，坐在摇椅上，仿佛此刻才留意到他也在场似的，于是用疲惫且毫无防备的声音跟他问好，与她通常的声音相去甚远。

在墙内

（海滨度假村）

不知道为什么，今天我一直在回想在索利斯度过的那些夏天。那里的小屋子很漂亮，非常靠近海滩。有时候，当我感到焦躁狂怒时，我会在心里想着那些沙丘，然后就会平静下来。在那个风平浪静、像极了幸福的岁月，谁又会想到会发生后来发生的那些事呢？我记起我们爬上山脉时，当我们遇见索尼娅和鲁本时，当我们租马来骑，马儿小跑时你还可以保持平衡，但当它飞奔起来，你再怎么努力和使唤也无济于事，被它搞得精疲力尽。然而，我不仅仅是回忆起那田园诗般的海滨度假，我也回忆起当时的那种不舒服的感受，它让我无法尽情享受那三个星期朴素且舒适的生活。你记得我们曾在许多个黄昏，当太阳落到屋子的另一侧，三钟经的钟声让我们变得忧郁甚至有些沮丧起来时，聊过的话题吗？是的，我们的舒适非常简朴，我们住的小屋很便宜、毫无装饰，然而，我们却在想着那些什么也没有的人，他们没有工作、没有面包、没有住所，甚至连专门用来忧伤的一个钟头也没有——因为他们的痛苦是全天候的。最终，我们沉默了下来，没有现成的解决方案，却隐隐有些罪恶感。当然，在第二天一大早，当清新咸湿的空气和第一缕阳光浸满屋子时，坏心情被大自然的美好一扫而光，我们再次感到充实乐观起来：你专心致志地收集蜗牛，而我则出门骑自行车，因为在那些年你常常抱怨我开始突起的肚腩。你瞧，几年过后，我已不再有小肚腩了，当然，去除我的小肚腩的疗法也许并不值得推荐。在最后那几个夏天，朋友们也跟我们一起去海边度假。有好处，也有坏处，不是吗？当然，人多了更好玩儿，也更能激发有益的（虽然有时候过于漫长）讨论，那些讨论的目的对我而言非常清晰：它们帮助我发现自己对那些话题的真正看法。但大伙儿一起过夏天也有它的坏处，我们的隐私性没了，我们之间（我们俩之间）谈话的可能性也被迫减少了——于是我们俩只能在床上谈话，但我们通常在那里采用别的交流方式。我们那一群人如今天各一方。有一些已经不在了。我觉得女人们应该都在欧洲（你和她们保持通信吗？）。如果我没弄错的话，其中一个家伙应该跟你在同一个地方。你跟他有见面吗？替我拥抱拥抱他。他在做什么？在工作吗？还是在学习？他依旧那么受女人欢迎吗？我对他在探戈方面的造诣以及他做和事佬的本领记忆犹新。索利斯如今是什么模样？"黑颈鹤"还在吗？在它用树干装饰的大厅享用午餐是件非常惬意的事，那里总是充满了英国人，一向友好且保持距离感的英国人。为什么英国人如此喜欢那个度假村？也许和我们出自同一个原因：在那里依旧（至少在那个年代）可以找回空间感；那里的海滩看起来的确是海滩，而不是带有细沙的巨大商场；大自然的景观被保留了下来，即使那些装饰奢华的屋子也并没有破坏风景。清晨时分在岸边散步是一件非常美妙的事，柔软的浪花打在脚上，会激起你活下去的欲望。我觉得我们之所以喜欢在岸边散步，也是因为它从某种意义上象征着当时的乌拉圭，被柔软浪花拍打的国家，而不是像后来那般经受暴风雨的侵袭。在海滩的一端有些岩石，但并不会造成惊天大浪。你只需要坐下来，海水就会填满岩石与岩石之间的空间，在缝隙之间流动并将之清洗，把螃蟹打得人仰马翻，拍打那些总是躲在石头和鹅卵石角落里的贻贝的半壳。黄昏带给人一种迥然不同的感受，也许不会让人感到那么有能量、那么乐观，但却给我一种从未有过的安宁。太阳渐渐躲到若雷吉贝里①沙丘的背面去，浪花温柔的拍打声与仿佛从远方传来的牛叫声混在一起，也许正因如此，才营造出一幅沉默寡言、凶兆当头的景象。有些日子，我们会被那短暂的忧伤传染，但在另一些日子，它会出乎意料地变成我们生活的调味品，仅仅是因为我们并没有怀疑患病的真正理由，于是，尽管有时候你绿色的眼睛会湿润，我的喉咙会打结，但我们清楚地明白并没有什么具体

---

① Jaureguiberry，位于乌拉圭南部。

的缘由让我们悲哀——除了那些与生俱来的缘由，那些因生和死而存在的缘由。于是，我们会慢慢地往回走，手挽着手，安静地走，我右手手掌能感受到你腰部裸露的皮肤毛发竖起，大概是因为夜晚的微风已经开始吹起，我们得回到屋子，穿上外套，喝一杯柠檬味的渣酿白兰地^①，准备加蛋的烤肉和沙拉，亲吻爱抚一阵子（不要太多），因为最好的将在稍后来临。

---

① Grappa，一种以葡萄为原料的蒸馏酒，源自意大利北部，酒精含量介于35%—60%之间。

贝阿特丽丝

（一个庞大的词）

自由是一个庞大的词。比如，当课堂结束时，老师说，我们自由了。只要你是自由的，就可以散步、玩耍，而不需要学习。当一个国家里的任何一个男人或女人想做什么就做什么时，人们说，那个国家是自由的。但即使在自由的国家也有许多被禁止的行为。比如说杀人。当然了，杀蚊子和蟑螂是可以的，也可以杀牛来做烤肉。比如说，盗窃是被禁止的，但在替格蕾西拉（我妈咪）去买东西时把找回的零钱私自留下并不是什么大罪。再比如说，学校不允许迟到，如果迟到的话需要写一封信（准确说是格蕾西拉需要写一封信）解释迟到的原因。老师的原话就是那么说的：解释原因。

自由有许多含义。比如，当一个人没有坐牢时，那个人就是自由的。然而，我爸爸在坐牢，但他却在"自由"，因为已经关了他好几年的监狱就叫这个名字。罗朗多叔叔说那真是讽刺。某天，我对我的伙伴安赫丽卡说，关着我爸爸的监狱叫作"自由"。罗朗多叔叔说那真讽刺。安赫丽卡十分喜欢那个词。于是，当她的教父送给她一只小狗时，她给小狗取名为"讽刺"。我爸爸在坐牢，但并不是因为他杀了人、偷了东西，或上学迟到了。格蕾西拉说我爸爸是因为他的想法而被关进"自由"——也就是监狱的。我爸爸好像因他的想法而出名。我有时候也有些想法，但我还没出名。正因如此，我才不在"自由"里——换句话说，我才不在监狱里。

假如我被关进了监狱，我希望我的两个玩具娃娃——托蒂和莫妮卡——也可以一起被关进政治犯的监狱里。因为我喜欢睡觉的时候至少能抱着托蒂。我不太喜欢抱着莫妮卡入睡，因为她脾气不好。但我从不打她，为了给格蕾西拉树立一个好榜样。

她很少打我，但当她打我时，我想要拥有很多很多的自由。当她打我或责备我时，我称格蕾西拉为"她"，因为她不喜欢我那样叫她。当然了，我只有在非常生气的时候才会称格蕾西拉为"她"。打个比方，如果爷爷问我，你妈妈在哪里，我回答说，"她"在厨房，于是全世界都知道我在生气，因为假如我没生气的话，我会说格蕾西拉在厨房。爷爷常说我是全家最爱生气的一个，那让我很开心。格蕾西拉也不太喜欢我叫她格蕾西拉，但我之所以那样叫她，是因为她的名字很美。只有当我非常爱她的时候，当我崇拜她、亲吻她、拥抱她，当她说哎呀小屁孩别这么用力时，我才会叫她妈妈或妈咪。格蕾西拉会非常感动，她会变得温柔无比，会抚摸我的头发。但假如我经常叫她妈妈或妈咪她就不会做出那么强烈的反应了。

也就是说，自由是一个庞大的词。格蕾西拉说，做一名像我爸爸那样的政治犯一点儿也不羞耻。那几乎是一种骄傲。为什么说"几乎"？要么是羞耻，要么是骄傲。她难道希望我说自己"几乎"感到羞耻？我为爸爸而骄傲，而不是"几乎"骄傲，因为他有过许多想法，太多太多的想法，从而导致他因想法而被关进监狱。我觉得现在爸爸依然有想法，伟大的想法，但我几乎确定他没有把他的想法告诉任何人，因为假如他那么做了，那么当他离开"自由"从而开始自由生活时，会再次被关进"自由"里。你瞧见这个词有多么庞大了吧？

流 亡

（倒数第二个住所）

一位同仁（尤其是像路维斯·佩德蒙特这样受人爱戴的同仁）的去世总是一种撕裂和断绝。然而，当死亡将流亡包围起来，即使是发生在这般友好的土地上，那撕裂也会包含其他的含义和暗示。

死亡是自然的结局，是不可避免的终点，它总是牵涉到回归。回到生长的土地；回到泥土的子宫，我们的泥土，它将不同于世界上其他任何一种泥土。在流亡中的死亡仿佛是对回归的否决，而这一点，也许正是它最阴暗的一面。

出于这个原因，在路维斯漫长而痛苦的患病期间，我们很难见到他心情愉快、充满热情、微笑、制订计划，更困难的是在他面前掩饰，谈论将他包含在内的未来，想象或暗示他可以回到曾经居住的街道，呼吸清新的空气，看见海滩，感受蒙得维的亚市中心的明媚阳光，品味葡萄和蜜桃，那些穷人的奢侈品。

既然我们都知道死亡追寻着他的足迹，我们谁也无法保护他或将他藏起来，也无法替他去死，更没办法劝退追逐他的猎犬，或是用哭泣来维持他的生命力、让他依然和我们在一起，那我们又怎么能够谈论那些简单美好的事物，那些让生活有滋有味更为他的生活赋予意义的事物？

在最开始的时候，流亡不过是生活在远方这一残酷的事实。如今，它也意味着死在远方这一残酷的事实。那个名单上已经有五六个名字了。孤独、疾病或子弹终结了他们的生命，谁知道还有多少人会消失在这个辽阔的流亡之国。

当我们想到流亡中的死亡即意味着不仅是路维斯，而是我们所有人，都被暂时剥夺了在旅途开始那一站下车的至高权利时，那片药丸就变得更苦了。我们被剥夺了在故乡死亡的权利，那个属于我们自己的死亡，那个明白我们朝向哪一侧睡觉、在清醒时做什么样的梦的死亡。

正因如此，当我们不得不面对路维斯（像他那样受人爱戴的同仁少之又少）无法回归的离开时，我们向他承诺，我们一定会继续斗争，不只是为了改变生活，也是为了维护死亡，那个关乎子宫和重生的死亡，在我们的泥土中的死亡。

路维斯是一名杰出的记者、革命军人、忠诚的朋友、古巴革命的热血崇拜者，但我们可以将他所有的优秀品质加以总结，称他为一个卓越的属于群众的人，他单纯且谦逊，热情且慷慨，拥有爱与工作的能力，快乐与勇气，效率与责任感。从某种意义来说，他代表着我们当中的佼佼者。

在他身上有两种在流亡者身上并非经常共存的互补品质。一方面，他的眼睛和耳朵对发生在遥远祖国的痛苦、斗争、谣言和图像孜孜不倦地关注。另一方面，他非凡的才能在古巴革命中大放异彩，他把古巴革命当作自家的革命来理解、防御和爱护，他知道，从某种意义而言，那确实是属于他的、属于我们的革命。

充满了挫折和痛苦的流亡对他而言从来都不是自我封闭和孤独的原因，更不是借口。他知道，对付流亡的摧残的最佳办法是融入到流亡的社会中去，于是，他坚定不移地带着愉悦开展工作，几乎变成了古巴人，但同时又永远都是那个忠心耿耿的乌拉圭人。

我们应该记得，资本主义世界关于死亡的陈词滥调中，常出现"最后的住所"这个词。然而，对于一位像路维斯这样的同仁，今天我们将他留在的地方事实上将会是他的倒数第二个住所，因为他的最后的住所永远都将是我们，在我们的爱和回忆之中。那个住所的大门敞开着，窗户开向天空。

只有这样，我们才能战胜这个无法回归的死亡。我们将会战胜它，因为我们深信，路维斯某天会和我们一起回到故土。

他会回到我们的心里、我们的回忆里、我们的生活里。心、回忆和生活将会变得更美好，因为它们将与一位如此诚实忠贞、体面慷慨、单纯真实且属于群众的人一起回归。

受伤的和瘀青的

（事实和延期）

　　她在傍晚时分前往公公家。她已经有十五天没去看他了。唯一的原因是时间不合适。

　　"天哪，天哪，"拉斐尔先生在吻过她的脸颊后说，"你来见我一定是发生了什么重要的事。"

　　"为什么这么说？您知道的，我喜欢跟您聊天。"

　　"我也喜欢跟你聊天。但你只在遇到问题的时候来找我。"

　　"也许吧。对不起。"

　　"不用那么见外。你想来的时候就来。有没有问题都可以来。我孙女怎么样？"

　　"有点儿感冒，但其他方面都不错。她最近几个月的成绩都很好。"

　　"她很聪明，而且反应很快。这一点可以说是遗传了她爷爷。你是因为感冒才没带她一起过来的？"

"那是原因之一。我也想和您单独聊聊。"

"你瞧，我猜对了，是不是？说吧，遇到什么问题了？"

格蕾西拉几乎把身子猛地扔进了绿沙发里。她缓慢仔细地注视着那个略微有些凌乱的房间，那个老头儿独居的公寓，勉强地笑了笑。

"我觉得很难开口。尤其是在您的面前。然而，这件事我却只想跟您说。"

"圣地亚哥？"

"是的。更准确地说，是，也不是。旁支关系到圣地亚哥，但中心人物却是我。"

"女人都那么以自我为中心。"

"不仅仅是女人。但言归正传，拉斐尔，严格说来，是关于：圣地亚哥和我。"

公公也坐了下来，但坐在了摇椅里。他的目光暗淡下来，在开口说话前他把椅子摇晃了一两下。

"是哪里出了问题？"

"我。"

公公决定开门见山。

"你不再爱他了？"

很明显，格蕾西拉没做好那么快就直入主题的准备。她发出一阵呻吟，然后叹了一口气。

"冷静点儿，格蕾西拉。"

"我无法冷静。您看我的手都在颤抖。"

"假如对你有用的话，我会告诉你我早在几个月前就预料到这样的事会发生了。因此，无论你说什么，都不会吓到我。"

"您早预料到了？从我身上可以看出来？"

"不，我的孩子。从你身上基本看不出来。只不过我看出来了，我认识你这么多年了，对你很了解，况且我还是圣地亚哥的父亲。"

格蕾西拉对面的墙上挂着一幅塞尚[1]的《吸烟者》的复制品。那幅宁静的画她已经看过上百次了，但却突然之间再也无法忍受画面中的目光，她觉得那目光在斜眼看她。在从前的那些傍晚，那些昏暗的时分，她都觉得吸烟者的目光消失在沉思之中，但此刻她却想象着目光直直落在她的身上。也许要怪那个烟斗，吸烟者将烟斗含在嘴里的方式和圣地亚哥含烟斗的姿势非常相像。于是她将目光从画上移开，再次看着公公。

"您一定觉得很疯狂，很不理智。我自己也有同样的感受。"

"在我这个年纪，已经没什么能让我觉得疯狂的了。你会渐渐习惯于唐突的言语、爆发的情感和心血来潮。首先从习惯自身的疯狂开始。"

格蕾西拉稍微振作起来了一点儿。她打开包，拿出一支

---

[1]　Cézanne（1839—1906），著名法国画家，风格介于印象派到立体主义画派之间。

烟，点燃。然后把烟盒递给拉斐尔先生。

"不用，谢谢。我已经六个月没抽烟了。你没注意到吗？"

"为什么不抽烟了？"

"血液循环的问题，但没什么大碍。况且戒烟对我也有好处。一开始有点儿难熬，尤其是吃完饭的时候。但现在我已经习惯了。"

格蕾西拉慢慢地吐着烟圈，仿佛那个动作赋予了她勇气似的。

"您问我是否已经不再爱圣地亚哥了。无论我回答爱还是不爱，都是在扭曲事实。"

"喔，事情看起来有点儿复杂？"

"有点儿。从某种意义来说，我依然爱着他，因为圣地亚哥没做什么让我不再爱他的事。您比谁都更清楚他是个怎样的人。不只是在政治和军事方面的忠诚，也在个人方面。他待我一向很好。"

"所以呢？"

"所以我依然爱着他，像爱一位杰出的朋友、一位言行无可挑剔的同志那样爱着他。况且，他还是贝阿特丽丝的父亲。"

"但是？"

"但是，我，作为一个女人，不再爱他了。从女人的角度而言，我不再需要他了。您明白我说的吗？"

"我当然明白你所说的。我没那么蠢。而且你解释得很清楚，语气也很坚定。"

"该怎么说呢？也许用简单粗暴的方式来说——请您原谅我——就是我不再想和他上床了。是不是觉得很可怕？"

"不，我不觉得可怕。也许会有点儿悲哀，但最近这段时间，这个世界也没什么好开心的事。"

"假如圣地亚哥没在坐牢，这件事并没那么严重。它将是发生在众多人身上的事件之一罢了。我们可以谈论它，讨论它。我相信圣地亚哥最终一定可以理解我，尽管他会因我的决定而感到难过、沮丧。但现在他在监狱里。"

"是的，他在监狱里。"

"那让我觉得自己也被困起来了似的。他被关在那边的监狱里，而我则被关在这个处境之中。"

电话铃响了。格蕾西拉露出不快的表情：铃声破坏了交流的氛围和私密感。公公从摇椅中站起来，拿起听筒。

"不，我这里有客人。你明天来吧。我很想见你。是的，真的。我现在有客人，但你不必因此而担忧。好了，我明天下午等你来。7点，好吗？拜拜。"

公公挂断电话，再次坐进摇椅。他看了看格蕾西拉，打量着她惊讶的表情，无法抑制地微笑起来。

"好吧，我虽然老了，但也还没老到那种程度。再说，彻底的孤独是件非常糟糕的事。"

"我有点儿惊讶，但我为您高兴，拉斐尔。我也有点儿羞愧，人总是太过专注于自己的脐带，总觉得自己的问题是唯一重要的问题。人并非总是能够意识到他人也都有各自的问题。"

"严格来说，我的这个不能被称为问题。她不是个年轻的女孩，知道吗？当然，她确实要比我年轻得多。年轻总是能带给人生机。而且，她是个好人。我也不知道能持续多久，但至少现在我感觉不错。既然我们互相交换彼此的秘密，我可以向你坦承，现在的我没那么缺乏安全感了，我感到更乐观，更有活下去的欲望。"

"我真为您高兴。"

"嗯，我知道你说的是真心话。"

公公把胳膊伸向书柜的一扇门。他打开门，拿出一瓶酒和两个杯子。

"要喝点儿吗？"

"好，喝点儿酒对我有好处。"

在喝酒前他们俩对视了一眼，格蕾西拉微笑起来。

"您这出人意料的一幕让我差点儿忘记了我的事情。"

"我不相信。"

"我开玩笑的。怎么可能忘记？"

"格蕾西拉，事情仅此而已吗？仅仅是当圣地亚哥某天从监狱出来时你不再想与他上床？仅此而已，还是另有其他？"

"最开始就是仅此而已。仅仅是越来越疏远，事实上，是我越来越疏远。否决掉与圣地亚哥在未来的夫妻关系。"

"那现在呢？"

"现在不一样了。我觉得自己在开始坠入爱河。"

"啊。"

"我是说，我觉得自己在开始。"

"你瞧，你既然承认自己在开始，也就意味着你已经坠入了爱河。"

"也许是吧。但我不确定。您认识他的。是罗朗多。"

"那他呢？"

"对他而言也很棘手。他和圣地亚哥一直都是好朋友。我并不是没有意识到他们的关系让这件事变得更加复杂了。"

"你喜欢把事情复杂化，不是吗？"

"我也觉得。太复杂了。"

"你准备怎么办？你已经做了什么了吗？写信告诉圣地亚哥了吗？"

"这就是我来见您的主要原因。我不知道该怎么办。一方面，圣地亚哥依然给我写非常温柔甜蜜的信件。我知道他是真诚的。我试图用同样的口吻回复他，这让我感到自己很虚伪。而另一方面，我也觉得他要是某天在那里，在'自由'的四面高墙之中，收到我的信件（我可以肯定，施虐成性的士兵们一定会将我的信立马转交给他），发现我在信里说自己不再愿意做他的妻子，而且更糟糕的是，我爱上了他最好的朋友之一，对他而言将是极其恐怖的事。在某些日子里，我意识到，无论如何，我都必须把这件事告诉他；而在另一些日子里，我又会对自己说，那样做真是残忍至极，而且毫无益处。"

"真是件麻烦事啊，是不是？"

"是的。"

"我更倾向于认为仅仅是将这件事告诉他即会导致你最后说的结果：残忍至极，且毫无益处。你和贝阿特丽丝是圣地亚哥活下去的意义。"

"那您呢？"

"我是他父亲。那是另一回事。父母是被指派给我们的，没人能挑选父母。而妻子和儿女则是自主选择的结果。是自身做出的决定。当然了，圣地亚哥很爱我，我也爱他，但在我们之间从来都有一段距离。不同于和他母亲的关系。她和圣地亚哥的关系很亲密，对圣地亚哥而言她的去世是一场巨大的灾难。当然，那时候他才十五岁。但像我前面说的，如今对他而言，对他当下的处境而言，你和贝阿特丽丝是他的未来；遥远或是近期的未来，都无所谓。他在心里想着某一天将会与你们俩团聚，一切都将重新开始。"

"是的，他就是那么想的。"

"就像你说的，假如他没在坐牢，那么这一切尽管让人难过，但却很正常。伴侣关系的破裂从来都不是件好事，但有时候勉强维持的关系会更糟糕。"

"拉斐尔，您建议我怎么做？"

公公举起酒杯，把杯子里的威士忌一饮而尽。此刻叹气的人换成了他。

"插手他人的生活太冒失了。"

"但圣地亚哥是您的儿子。"

"你也算是我的女儿。"

"我也这么觉得。"

"我知道。正因如此，事情才变得更复杂。"

电话铃再次响起，但这一次公公并没有拿起听筒。

"别担心。不是莉迪亚。我告诉你她的名字了吗？每天都在这个时间打电话给我的是个讨人嫌的学生。他有数不尽的关于参考书目的疑问。"

那个学生看起来很执着，或者说固执，或两者皆是，因为电话铃一响再响。过了许久，终于安静了下来。

"既然你来问我，我的主张是不要在信里跟他提这件事。也就是说，你得继续伪装。我知道这让你不好受。但你必须记住，你是自由的。你有其他的兴趣和爱好。但他却只有四面墙和铁栏。告诉他真相会将他摧毁。我不希望我儿子在此刻、在熬过了那么多磨难之后被摧毁。某一天，当他出狱时（我深信他会出狱），你可以把一切都告诉他，也可以面对他的痛苦。当那一天到来时，我准许你告诉他是我让你对他隐瞒的。一开始他会非常愤怒，会像过去那样爆发，也许还会哭泣，觉得整个世界都坍塌了。但在那时候他已没被关在四面墙之间了，已经远离了铁栏，也已像此刻的你那样拥有别的兴趣和爱好了。好了，这就是我的意见。是你来问我的。"

"是的，是我来问您的。"

"你觉得怎么样？"

此刻，公公看起来比格蕾西拉还要焦虑和紧张。当他再次倒酒时，发现握着杯子的手有些颤抖。格蕾西拉也注意到了。

"冷静点儿，"格蕾西拉模仿他的口吻说道。他放松了一些，勉强笑了笑。

"也许那是最好的办法。至少是唯一理智的选择。"

"我知道没有任何办法是完全可以被接受的。你知道为什么吗？因为唯一真正令人无法接受的事实是圣地亚哥目前的处境。"

"我觉得我会听从您的建议。继续伪装。"

"况且，未来可能会有惊喜。对每个人而言都是如此。也许你今天不需要他，但可能未来会再次需要他。"

"拉斐尔，您觉得我很易变，是吗？"

"不觉得。我觉得所有人，包括在这里的我们和在其他地方的人们，我们的生活都处于失常的状态。每一个人都为了调节自己的生活，为了开始新生活，为了整理自身的情感、关系和怀念，而做出最大的努力。但只要我们稍不注意，混乱就会重新出现。而且，每一次坠入混乱（不好意思，我一再重复这一点）都会比前一次更加混乱。"

格蕾西拉闭上了双眼。公公饶有兴致地看着她。也许是害怕她会突然哭起来。但当她再次睁开双眼，眼睛只稍微有些湿润，或者说有些闪烁。她专注地凝视着依然握在手中的空酒杯，把它伸向拉斐尔先生。

　　"再给我倒点儿吧？"

拉斐尔先生

（埃米利奥的消息）

　　我感到自己仿佛被压扁了似的，十分迷惘。感到气喘吁吁，但又并没喘气。仿佛经历了一场不幸且艰难的关于什么是父亲的人生之课似的。仿佛我远远地看着橱窗中（我几乎已经不使用玻璃窗这个词了）的自己，我的形象是橱窗里荒谬的、全身上下只系了一根领带的模特儿。幸运的是，格蕾西拉看起来像是被我说服了，但我自己也被说服了吗？虚伪是恶习，但我也不太确定坦诚是否永远都是美德。我想做个现实主义者，想要更包容，更灵活，更与时俱进。问题在于，我同时还是个父亲。当圣地亚哥终于从监狱里出来时（我刚从律师那里收到了一封充满希望的信），这里还有另一个监狱在等待着他。透过另一个男人的爱形成的铁栏观看格蕾西拉。周末去接贝阿特丽丝，带她去动物园和公园，偶尔去看部电影，极少对她提出令人尴尬的问题，因为她的每一句回答，即使再天真无邪，也会让他不安，让他琢磨许久。还有一点：重新面对罗朗多。怎么对待他？把他当作一起战斗到监狱的老战友，还是把他当作现今与他妻子上床的男人？老天啊，我儿子怎么办？我知道他拥有什么，擅长什么，但今天的问题是，他缺乏什么。在这件事中缺乏的是什么？我不难想象那些让人们爱上他的理由，但却弄不明白有什么能让他失去爱。他从我或从他母亲那里遗传了什么样的缺点？我必须得找到它。我必须得找到那个真正的儿子——也许我还未曾认识他。恰好在今天，我抹了抹那封秘密信件上积攒的灰尘，那是到现在为止唯一一封（我至今依然不知道究竟是通过什么样的特殊渠道）他可以完全确信不会经过监狱审查的信件。奇怪的是，那封独一无二的信件是写给我，而并非写给格蕾西拉的。"老头儿，你想一想，我得有多么确定才会决定在这封信中告诉你你即将读到的荒唐内容。我需要从这荒山野岭发送信号给外面的人，我不发给你又能发给谁呢？我需要发送信号，这样我才不会被击溃，不会粉身碎骨。你别难过，那不过是修辞手法罢了。但从某个角度而言，它也确切反映了某种感受，不是吗？有一点你必须得明白：你不用担心我告了密，或是揭发了他人。我绝不会做那样的事。你教过我一些东西，那即是其中之一。哎，但我也不是英雄。假如我告诉你，我至今也不确定自己保持沉默到底是出于信念还是私利，你会感到惊讶吗？是的，出于私利。通过观察，我发现只要否定一切，只要坚持说'不'，用头、手、嘴唇、眼睛和喉咙说'不'，即使那些人依然会把你当作拳击吊袋来发泄（那是肯定的），但有时候你会发现他们打心底里有些相信你说的是真话，相信你确实一无所知；相反，假如你没能坚持住，坦白了一丁点儿的信息，哪怕只是揭露了一个对他们毫无用处且不会牵涉到任何人的小细节，他们的态度也会立即发生转变，因为从那一刻起，他们相信你一定还知道更多的信息，于是他们会继续拷问你，把你撕得粉碎。如果你坚持否定一切，他们当然会摧残折磨你，但也有可能会从某一天起放你一马，因为他们也许相信你真的什么也不知道。但假如你开口说话，即使是最不起眼的小细节，他们也会让你永不安宁。也许会在一段时间里不管你，但之后会再次对你严刑拷打。他们会竭尽全力将剩余的消息从你体内挖出来。这也就是为什么，我再说一次，我至今也不确定自己保持沉默到底是出于信念还是私利。也许是出于后者。但归根到底，那都是身体产生的自我防卫。无论是哪个原因，我都可以接受，因为没人因我的疏忽而落网。但我想跟你谈论的并不是这个话题。你知道律师一向的论据是什么：我从未杀过人。你记得吗？然而我的确杀过人。喂，你可别心脏病发作！这件事谁也不知道，律师不知道，我的战友们不知道，格蕾西拉也不知道。只有此刻的你正在读到这个信息，其原因是我需要把它说出来。正如你所看见的，即便这封信的安全性再高，把它写在白纸黑字上也是冒了多么大的风险。然而，我不得不这么做，因为我无法再一个人独自揣着这个秘密了。让我把事情的经过跟你娓娓道来。那时候，我在藏身点（众多藏身点中的某一个）待了大概有十天了。最近两天我都是一个人，根本没有出门，以罐头果腹，读惊悚小说，戴着耳机（为了避免被发现）听晶体管收音机。百叶窗在白天一直都关着。当然，晚上也关着，而且也不能开灯。需要制造出一种屋子没住人的假象。那个藏身处最大的优点是它的两个出口通向两条不同的街，这让我感到一定程度的安全感，因为第二个出口非常隐蔽，位于一条走廊的终点，走廊两侧有好几间公寓。其中大多是单身公寓，人员走动不多，对藏身也有好处。我连睡觉也睁着一只眼，某天晚上，一阵轻微的摩擦声和几乎无法察觉的脚步声让我的第二只眼睛也睁开了。声音应该是从外面的小花园传来的。透过百叶窗的缝隙，我看见一个微微晃动的影子，但却无法分辨那究竟是人影还是第二个花坛上的一棵矮松。我一动不动，突然之间，我感觉有人在屋子里移动。现在想起来，我推测他们大概是太过确信屋子里没人，从而懈怠了安全措施。而且，我感觉他们人不多，三四个吧，进到屋里来并不是因为有什么确切的发现，而是因为到了那个地步，他们对一切都持有怀疑。就在那一刻，有人拿手电筒照亮了我，那一分钟对我而言无比漫长，接着，一个声音对我低语道：'圣地亚哥，你在这儿做什么？'一开始我以为是某个同事，但那不可能，因为同事不会那样称呼我，接着，那个人把照得我目眩的手电筒移开了一点儿，我先是看见他的制服，然后是握在手里的武器，最后才是他的面孔。你猜是谁？老头儿，你可得做好心理准备。是埃米利奥。是的，就是你心里想的那个埃米利奥，安娜姑妈的儿子，你的侄子。你无法想象在那样一个瞬间脑袋里会闪过多少个画面。我没什么做决定的余地；他才是局势的掌控者，我根本够不着我的武器。从小花园里又一次传来脚步声和窸窣声。他再次开口：'圣地亚哥，投降吧，那是最好的选择，我不知道你在搞这个，投降吧。'他看了看武器，不是他的武器，而是我的，我够不着的武器。'埃米利奥，我也不知道你在搞这个。'我们俩低声私语。'我们有多少年没见了。'他喃喃道。'真不是重逢的好时机，对吧？'我低语。就在那一刻，我突然做出了一个决定。我把两个拳头并在一起，靠近他，仿佛想让他给我戴上手铐似的。'好吧，我投降。'他相信了我。换作是别人，他绝不会那般轻信。他让我靠近他，甚至他把握着枪的手也放下了一些。我不记得当时的自己做了什么样迅速的动作，但三秒后我那两只原本要被戴上手铐的手却紧紧掐着他的脖子，一直掐到他无法动弹为止。我不知道一切是如何以这么安静的方式发生的。影子依然在小花园里移动，但没人说话——这很正常，因为不能就这样暴露了自己。我没穿鞋，但穿着衣服；我总是和衣而睡。我以最快的速度走向第二个出口，在途中捡起放在椅子上的布鞋。我来到开向另一条街的门口，它通向连接着单身公寓的走廊。那里既没有百叶窗，也没有窥视孔，也就是说，我必须得冒个险。于是我冒了险，走出去，那里一个人也没有。那是凌晨3点。我前行了十米，并没有奔跑，突然间，我无法相信眼前的场景：一辆公共汽车缓缓开过来，车上只有两名乘客，是 Cutcsa 公司的老式公共汽车，车门敞开着。我纵身一跃跳了上去。半小时后，我在独立广场下了车。报纸从没提过那场失败的小行动，埃米利奥的名字也从没出现在那些反抗破坏分子的光荣烈士名单上。只是通告了他死亡的消息。我们（你、我、格蕾西拉等人）甚至还以亲属的身份无比悲痛地参加了葬礼。也许你还为他守了灵。当然，我并没有，尽管在某一刻产生过为他守灵的冲动。但在那时候我已经非常厌倦了。一年后，当他们在维拉穆诺兹①将我们一网打尽时，无尽的拷打审讯几乎将我搞垮，但他们却从未问起过那件事。他们为什么从未提过那件事？我永远也不会知道。事实上，家里没人知道埃米利奥是警察。但是，既然他的职业那么神秘，他又为什么会穿着制服呢？你会问，我为什么要跟你讲述这一切？我之所以告诉你，是因为我从未从那个行为中走出来，我是迫不得已才那样做的。小资产阶级的偏见？也许是吧。讽刺的是，那是我唯一一次杀人。我不止一次遭遇过正面枪战，好几次差点儿被杀死，也曾有过解决掉对方的机会，但我的瞄准技术似乎还有待提高。我没有别的死亡入账（或许应该叫作支出？）。所以，问题是什么？问题在于我无法抹去表兄的面孔。我抽搐的

---

① Villa muñoz，蒙得维的亚的一个街区，靠近市中心。

双手紧紧掐着他脖子的画面也无法被抹去。我每个月会梦见他两三次，但从未梦见过杀死他的场景。并不是噩梦。我梦见在非常久远的过去，我们俩都还是小孩（他比我大一岁，对吧？），在教堂后面的小空地踢足球，或是在暑假，当你们这些大人沉迷于午睡的时候，我们俩跑去普拉多①街区玩儿，感到特别自由，我们躺在草坪或落叶铺就的床垫上，思绪漫无边际地游走徘徊，我们说好要永远在一起，一起旅行，乘船旅行，因为我们对飞机充满了恐惧，而且，埃米利奥常说，在轮船的甲板上可以跳马背或抛石子，相反，飞机上的空姐则不会允许我们玩儿这些游戏。我们继续天马行空地幻想，他想要当一名工程师，他说，因为我很喜欢三元素法则。而我则想要成为一名音乐家，因为我喜欢用包了一层卷烟纸的梳子吹奏《假面舞会》②。我们也谈论你们这些大人，他总是立场坚定地说，他们不理解我们，但却爱着我们，我们把期限定在十四岁，到了那时候，我们会永远离开各自的家，一起开始那场已被我们谈论过无数次的冒险。这就是我梦中的那个埃米利奥，它们并不是噩梦。噩梦是在我醒来后，看见自己的双手掐住的不是我们八九岁时柔软细嫩的脖子，而是又粗又短的脖子——也许对他脖子的印象是由制服的衣领造成的。有好几次，在监狱里以及之前在营房里，有人提到他的名字，没人知道他是我的表兄，

---

① El Prado，蒙得维的亚的一个街区。

② La Cumparsita，是一首著名的探戈舞曲。

所有人都说他是个刽子手，是最残忍的施刑者之一，那个混蛋喜欢把棍子插进犯人的屁股或睾丸，从而获得快感。有人说他不久前死了，但不知道是怎么死的，而当某个人说希望他不是自然死亡、希望那个狗娘养的虐待狂（以及其他同类修饰语）被爆了脑浆时，我什么也没说。因此，让我时常感到不安的并非罪恶感，而是想到从某种意义而言我在那个清晨掐死了我的童年。或是当我记起我把两个并拢的拳头伸向他，仿佛是要他给我戴上手铐时他眼中信任的目光。又或者是在今天回想起当时的情形，意识到他当时低声喃喃是有原因的。也许他以为房间里不止我一个人，不清楚其他人的位置——即使他知道我的武器不在身边。也许是为了避免其他人会因为紧张或出于残忍而一枪将我打死，因为归根到底，我是他的圣地亚哥表弟，最好能让我投降，保住我的命，这样家人也就不会得知这件事的发生。或许他在那一刻也突然回想起我们共同的过去，想起我们躺在草坪和落叶铺就的床垫上漫无边际的幻想，那回忆让他不能自持，变得毫无抵抗之力。又或许我们之间根深蒂固的意识形态的差异（那让我们陷入这场残酷无比且六亲不认的战争的差异）并没有像侵袭我那样如此迅速地将他侵袭。但我之前从未杀过人，老头儿，我可能永远都无法从这唯一一次杀人的经历中走出来。这兴许意味着我很软弱，即使我在其他方面表现得十分坚强。还有一点，我觉得假如是在正面交战中一枪打死他的话，我应该不会有同样的感受。我之所以有这样的感受，是因为我用了另一种方式杀死他，应该怎么形容呢，一种不太高尚，甚至有些卑鄙的方式，利用并且滥用他的惊愕，他的惊愕是一种（假如坦诚面对自己，我会十分肯定这一点）带有感情的惊愕。尽管我现在得知他变成了一个歹毒的人，一个残忍无度的人，所有人都这么说，而且我也对自己说他死有余辜，但当我用抽搐的双手掐住他的脖子时，我并不知道这一点，我杀死他只不过是为了求生罢了，我杀死了那个曾与我一起躺在落叶铺就的床垫上幻想、与我计划一起离家出走搭船旅行、在船上玩儿跳马背和抛石子的人。他们是，该怎么说呢，是两套不同的价值观、两种不同的身份、两个平行的埃米利奥。老头儿，你明白吗？我没有告诉格蕾西拉，永远不会告诉她，因为她不会明白，因为她总是喜欢将事情简单化。她会对我说，你做得对，世界上又少了一个刽子手。或者她会说：你怎么能对你的表兄做出这种事？但这件事并非前者，也非后者。它要复杂得多，老头儿，复杂得多。还有一件事。你得知道，这封信是一次独一无二的机会（我希望某天能够告诉你这让人难以置信的机会是怎么一回事），之后不会再出现。你无法通过同样的方式或其他可以信任的途径回信给我。然而，你却必须得给我回信。是不是，老头儿，你会回复我的，是吧？你将以通常的方式（必定会被监狱审查的方式）回信给我。你的回复必须仅限于两个选项，尽管我们都清楚地明白在它们之间会有多少种细微的差异。你记一下。假如你认同这个情形——我并非要你批准或证明它是对的，但至少希望你可以理解它，那么就在回信结尾前的两句话想办法写上'理解'一词。假如你觉得我的做法很卑劣，无法让人接受，那就在信末写'不理解'。好吗？再见了，老头儿。"我把那封信读了有十遍，过了两天才提笔给他回信。我在信末这样写道："我孙女（她也是你女儿这一事实的重要性更为次要）一如既往地漂亮且聪慧，她开始学习法语了，你觉得怎么样？当她来看我时，偶尔会跟我提起她在法语课上最新学到的内容。但我也许是耳朵有点儿背了（唉，岁月不饶人啊！），也许是记忆不太好了，我几乎不太能理解她用漂亮的同盟国口音的法语跟我讲述的佩罗①的童话。再见了，儿子。"

---

① Perrault（1628—1703），法国诗人、作家，以其作品《鹅妈妈的故事》闻名。

另一个人

（尽管惊愕）

对他而言是一种全新的感受。并非让人不快，怎么可能呢。但他却陷入了一潭泥沼。他在别的女人身上从未遇到过这种情况。通常都是他，罗朗多，主动发起攻势，由他来主导每一段关系的发展，无论最后是否上床。他有一个原则：每一段关系都是暂时性的，双方对所有的事实和想法都开诚布公，像 H_2O 那样透明，谁也不能在事后谴责他未能实现的承诺。就像《传道书》[①]里忘了提到的："为了不违背诺言，最好的办法是不要许下诺言。"他不得不承认自己很幸运，遇见的都是些通情达理且心甘情愿的女人，她们在开球前就接受所有规则，在终场哨响时友好地说一句"很高兴认识你，再见"并就此消失不见。在另一方面，他总是把好朋友的老板或奴隶（好吧，实

---

① 《传道书》是《旧约圣经》诗歌智慧书的第四卷，为大多数基督教派系承认。

133

际上是妻子）当作姐妹，就算偶尔会悄悄给她们递送一个秋波，即使那秋波常常会撩起对方与生俱来的风情卖弄，也从不会越过愉悦的同仁之间的界限。在过去，他的秋波并没有少送给过格蕾西拉，在索利斯简朴的度假小屋，她穿着薄薄的两件式蓝色泳衣（但那并不是比基尼，使徒圣雅各谨小慎微的自由主义还没传播到那里），展现出迷人的身材，引人注目，让人遐想，啊，但他从未越过适度的界限，只微微叹一口气，或从深色的墨镜后面正大光明地凝视她，偶尔也会受到圣地亚哥的话语的鼓舞——圣地亚哥在看见格蕾西拉像电视广告中的女郎那般跑进浪花里时，自言自语般（但事实上却是对在场的其他三人说的）地喃喃道，那个苗条的姑娘真美呀，是不是？引发出暧昧的玩笑和男人们的哈哈大笑（男人是指两个有妇之夫和一个钻石王老五，也就是他，罗朗多·阿苏埃罗），为您效劳，也为您的妻子效劳。这句臭名昭著且毫不单纯的话他在十年前对就职的某家大公司的总经理说过，经理立即将他贬职为前收银员。

但现在的格蕾西拉已经不一样了。而且他也变了。怎么可能不变。首先是政治时期，政变前的那两年简直不是人过的生活。在那段时期，不性感的人又是什么？这真是对安瓦尔·萨达特[1]言简意赅的曾祖母斯芬克斯[2]提出的漂亮问题。哎，但

---

[1]　Anwar el-Sadat（1918—1981），前埃及总统。

[2]　Sphinx，最初源于古埃及的神话，是长有翅膀的怪物。

在令人难忘的叛乱时期拥有性爱是多么困难的一件事啊。在那艰苦恶战的两年里，有时连一张能睡个好觉的行军床都没有，又谈何别的需求呢。还有可恶的警察，他们施行一系列的拷问、棍打、"潜水艇"以及其他乐事。当然，在那些日子里，脑袋是从不会停止工作的。你只能忍耐，不然还能怎样，随后你就会把它给忘了，因为在夜晚，在连蟑螂都不会来监视你的夜晚，你以此为借口把头埋进枕头里，放声大哭，一直哭到脱水为止（探戈里这么唱过："在悲哀中发狂。"啊，但从不会唱："我曾是那么软弱，那么盲目。"）。是的，现在的格蕾西拉已经不一样了。首先，她更成熟，更有女人味了；其次，她也比从前更迷茫，这也许是成熟的后果。她的身体明显变得更成熟、更曼妙了（灵魂也变成熟了，我们别这么教条主义好吗？），看见她从公寓楼下的花坛间缓缓走来（他像通常那样，站在门口等她）总会在他心里激起极大的期望（尽管他很多时候并没有意识到这一点）。是的，她是有些迷茫，也许更准确地说，是"迷失了方向"。而风暴的中心则是：圣地亚哥。被关在监狱里的圣地亚哥，无法进攻也无法自卫，独自一人，守着他的忧郁和他的文化遗产——哎，都是什么样的术语啊，又是什么样的"境遇"啊！罗朗多做出了初步的诊断：格蕾西拉是个不适合远距离关系的女人，于是，圣地亚哥什么也没做就无缘无故地丢了许多分。但他却没能意识到他，罗朗多·阿苏埃罗，在那段关系中担当着重要的角色。他不知道。他还不知道。尽管他很快就会知道了。他喜欢格蕾西拉，这没什么好掩饰或否认的。他也承认，好几次，当她跟他描述她脑子里的蜘蛛网，她易变的情绪，她的心情起伏时，他做出过谨慎的推进，给予过充满暗示的建议，提供过兄妹般的支持，渐渐地，也许并非有意为之，他对格蕾西拉做出了一些含蓄却清楚的暗示，暗示他对她的兴趣，或者说，是她对他的吸引力。在这段不稳定的时期，格蕾西拉的感受和情绪不断地受到引诱，又不断地自我矫正，于是，她当然就像希腊海绵一样将一切都吸纳接受。她一定感觉到了他那些小心谨慎的伎俩。某天，在一场暧昧模糊的"走钢丝"谈话中，格蕾西拉突然脱口而出：我不再需要圣地亚哥了，他抛弃了我。而他却非常体谅地说，不，格蕾西拉，他并没有抛弃你，而是被带走了。她回答说，荒谬，这一切真荒谬，也许是流亡将我变成了另一个人。而他说，也许是你不再赞同圣地亚哥的政治立场了。她说，我当然赞同了，那也是我的政治立场。于是他终于提出了那个困难无比的问题，你会梦见别的男人吗？她问，你指的是睡着时做的梦还是醒着时的梦？他说，两者都算。她说，我睡着的时候不会梦见任何男人。他说，那醒着的时候呢？她说，醒着的时候的确会做梦。你会笑话我。她停顿了一下，并非戏剧性的停顿，而只是短暂的沉默，为了吸一口气，也为了感受她即将说出的话的重量：我会梦见你。他十分惊愕，耳朵突然感到一阵燥热，即使像他这样一位花花公子也不自禁地狠狠咬了咬嘴唇，直到几个小时后才发现嘴唇被咬出了血。她紧张地坐在他的面前，等待着什么，尽管她也不知道究竟在等待什么，但却极度地不安，因为涌现在她脑子里的众多念头之一是想象那一刻的他正在经受"忠诚"一词的折磨，忠诚于被关在牢房（即使干净也总是污秽的牢房）里极度孤独的朋友，忠诚于沉重且被践踏的过去，忠诚于从未明确提出但却真实存在的道德感，忠诚于那些持续到黎明的漫长讨论，从不缺席讨论的西尔维奥已经不在了，马诺洛现在是哥德堡的电工，还有那几位被她们杰出丈夫的大男子主义－列宁主义半边缘化的妻子，她们偶尔会带着明显的反对态度参与讨论，但更多时候则是在准备沙拉烤肉面团馅饼牛排焦糖炼乳，在男人们酣然午睡时洗碗收拾。他这样一个喜欢寻花问柳的卡萨诺瓦[①]，却处于极度惊愕之中，前额汗如雨下，仿佛受合唱团女孩引诱的小男生，左脚踝处阵阵发痒，也许是面对即将来临的暴风雨的未来产生的过敏反应。尽管惊愕，他还是结结巴巴地说道，格蕾……格蕾西拉，你不要玩……玩火。他甚至试图将谈话转向更轻松的话题，说什么我们都是肉做的，不应当觊觎他人的妻子，其目的只不过是为了赢得微微喘息的时间，哎。但她依旧保持着令人震惊的严肃表情，说道，你看，我并没有开玩笑，这件事对我而言非常严重。他说，对不起，格蕾西拉，都是因为太出人意

[①] 指意大利充满传奇色彩的冒险家和作家卡萨诺瓦（Casanova），是追寻女色的风流才子，18 世纪享誉欧洲的大情圣。

料了。在说完那句布宜诺斯艾利斯闹剧第二幕的台词后，他不再口吃，也不再惊愕，而是陷入了彻底的惊骇之中，但他却喃喃道，真遗憾，我不能叫你别胡说八道，因为我从你的眼睛里能看出你是多么的认真，我也无法跟你说"真遗憾，我不能这样做"，因为我可以这样做。当说出"我可以"时，他心想，这真是既坦诚，又致命。坦诚是因为那是他真真实实的感受，为他在惊讶的森林中开辟出远征的道路，而致命则因为他知道那句轻率的"我可以"是他个人灾难的起点。但话已说出口，并被画线标注。一直保持着优雅姿态、脸色苍白的格蕾西拉突然像走进了一间高级花店似的羞红了脸，并发出叹息。他觉得此刻应该伸一只手给她，于是他把手伸向咖啡桌，灵敏地避开没插康乃馨的花瓶和装满了烟头的烟灰缸。她犹豫了一阵（确切说是四秒钟），接着，伸出她纤细的钢琴家般（尽管实际上是打字员）的手，这个动作好似去九法①一般，因为这一触摸对他们而言充满了启示性，他们看着对方，似乎在重新认识彼此。接下来是冗长的分析，"忠诚"一词再度出现，跳跃在没插康乃馨的花瓶与装满了烟头的烟灰缸之间，有时候在他粗糙的指头或在她芳香的领口稍作停留。此刻，格蕾西拉与其说幸福，更感到困扰，她说，我知道这不公平，但比赛进行到这个关口，我无法再继续自欺欺人了，我深知自己欠圣地亚哥很多，但那信念显然无法成为我们日益疏远的婚姻关系的终身保

---

① 去九法，是种验算加、减、乘、除运算的方法。

险。而此刻的罗朗多与其说幸福，更感到不安，他说，我们得冷静面对这件事，我们得把圣地亚哥也拉进来一起面对这件事，假装他也在场，聆听我们的对话，因为他是这件事中不可或缺的一部分，我们必须在假设圣地亚哥可以真正理解这件事的情况下来面对它，最重要的是我们首先需要理解它。他们俩就这样一边抽烟一边聊了两个多小时，几乎没有身体接触，讨论方案和决定，小心翼翼地提到贝阿特丽丝，还不敢细想或计划未来。他们承诺给彼此一段时间来习惯这个想法，也承诺不要做太过疯狂或太过理智的事。罗朗多愈发着迷于她美丽的绿眼睛、她的双腿和她的腰身，而格蕾西拉则明显因他的反应而慌乱不已，然而那却是她想要的，她梦寐以求的。罗朗多开始爱上她的慌乱，而格蕾西拉则突然滑入无力抵抗的抽泣，毫无预兆却因此更让人感动的抽泣。于是，他用两只手捧起她的脸庞，直到那个时候，在感受到她温柔的嘴唇时，他才意识到在几个小时前、当她说出"我会梦见你"时，他因惊愕而咬伤了自己的嘴唇。

贝阿特丽丝

（污染）

　　罗朗多叔叔说这座城市因大量的污染而变得污七八糟。那整句话我只听懂了"城市"一个词，但为了不表现得像个白痴，我什么也没说。后来我翻字典查"污七八糟"那个词，但却没找到。星期天去爷爷家的时候，我问他"污七八糟"是什么意思，他笑了笑，耐心解释说就是"忍无可忍"的意思。那样我就明白了，因为格蕾西拉，也就是我妈咪，曾好几次（更准确地说，几乎是每天）对我说，贝阿特丽丝你有时候真的让人忍无可忍。在同一个星期天的傍晚她就对我说过，尽管那天她重复了三次"真的"，贝阿特丽丝你有时候真的真的真的让人忍无可忍。我异常平静地对她说，你想说的是我很污七八糟吧。我的回答让她觉得好笑，尽管她只是微微笑了笑，但也足以让我避免了受惩罚（这是最重要的）。另一个词，"污染"，比这个词难多了。它在字典上可以查到。字典说，*污染：精液*

*的溢出*①。"溢出"是什么意思？"精液"又是什么？我查了"溢出"，它的意思是：*液体的流出*。我也查了"精液"：*精子，用于繁殖的液体*。也就是说，罗朗多叔叔那句话的意思是：这座城市因大量流出的精子而变得忍无可忍。我依然不明白那句话的意思，于是在下次碰见我的伙伴罗西塔时，我把我的疑惑以及字典里的意思一并告诉了她。她说：我感觉精液这个词跟性有关，但我不知道它具体是指什么。她承诺会去请教她的表姐桑德拉，因为她比我们大，并且她们学校设有性教育的课程。星期四，罗西塔非常神秘地来找我。我太了解她了，当她心里有什么秘密时会皱起鼻子。由于格蕾西拉在家，她非常耐心地一直等到格蕾西拉走去厨房准备牛排，然后才对我说，我弄明白了，精液是成年男子所拥有的一种东西，小孩子没有。我说，那么我们也还没有精液咯。她说，你别这么傻好吗，只有老男人才有，比如我爸爸、你在坐牢的爸爸，我们女孩子是没有精液的，即使当我们变成老太太时也不会有。我说，这可真奇怪呢。她说，桑德拉说所有小男孩和小女孩都来自精液，因为这种液体里含有一种叫作精虫的小虫子，桑德拉很得意，因为她昨天刚在课堂上学到了"精"字是后鼻音。在罗西塔回家后，我依旧想着那个问题，觉得也许罗朗多叔叔想说的是这座城市因大量的精（后鼻音）虫而变得忍无可忍。于是，我再次去请教爷爷，因为他总是能够理解我、帮助我（尽管帮助也

① 西语 polución 一词，既指"污染"，也指"遗精"。

141

不多）。当我向他转述罗朗多叔叔的话、问他叔叔想说的是不是这座城市之所以变得污七八糟是因为含有大量精虫时，爷爷哈哈大笑起来，差点儿笑岔了气。我不得不给他端来一杯水。他满脸通红，我很担心他会在只有我一个人在场的可怕情形下晕厥过去。还好，他渐渐冷静了下来，当他终于可以开口说话时，他一边咳嗽一边说道，罗朗多叔叔指的是大气的污染。我感到更加迷惑了，但他紧接着解释道，大气就是空气，这座城市拥有大量的工厂和汽车，它们排放的气体让空气（或者叫大气）变脏，这就是可怕的污染，而不是字典上说的精液，我们不应当吸入这些气体，但假如不呼吸，我们就会死去，所以我们不得不吸入这些肮脏的空气。我对爷爷说，我突然意识到爸爸被关在监狱里至少比我们有一个小优势，因为那里没什么工厂和汽车，因为政治犯通常都来自贫困家庭，买不起汽车。爷爷说，对，我说得对，我们需要寻找事物积极的那一面。于是我给了他一个大大的吻，他的胡须比平常更扎人。我奔跑着去找罗西塔，由于她妈妈在家（她妈妈叫亚松森，跟巴拉圭首都同名），我们俩带着极大的耐心等待着，等她妈妈终于去浇花，我非常神秘地跟她说，你得代表我去跟你表姐桑德拉说她比我们俩要无知得多，因为我现在把一切都弄明白了，我们并非来自精液，而是来自大气。

流 亡
（埃皮达鲁斯①的声学）

假如在埃皮达鲁斯发出一阵声响

可以在高处听见它，在树间，

在空气里。

——罗伯特·费尔南德兹·雷塔马尔②

我们比罗伯特晚了二十五年游览埃皮达鲁斯

我们也从看台的最高处听见了

一根火柴在低处

被胖乎乎的女导游擦燃

她在寺庙与神龛之间

---

① 埃皮达鲁斯位于希腊半岛东南端，原是古希腊的一个城邦。

② Roberto Fernández Retamar（1930—2019），古巴诗人和作家。

在一盎司苏格拉底^①与一滴温泉关^②之间

向我们讲述尼亚克斯^③如何

只支付了九千德拉克马^④

也就是一年三百美金的税

她用年轻人的热情

对五个惊讶的布宜诺斯艾利斯游客

塔托·波雷斯^⑤名言的专家

充满信心地宣布帕潘德里欧^⑥的社会主义即将成功

我们于是在埃皮达鲁斯呼吸着透明干燥的空气

欣赏着一直以来都背对着剧场的树木

来自远古的深邃葱郁的绿

它们面朝苍白的洼地

也许那绿色和空气并不太异于

年轻的波利克里托斯^⑦在思考永恒之谜时

———————————

① Socrates（前 470 年—前 399 年），古希腊哲学家。

② Thermopylae，希腊的一个狭窄的沿海通道中存在的渡河关口，在此发生过诸
多重要战役。

③ Niarchos（1909—1996），希腊船运大王和艺术品收藏家。

④ 德拉克马，古希腊和现代希腊的货币单位。

⑤ Tato Bores（1927—1996），阿根廷著名喜剧演员。

⑥ 这里指 Andreas Papandreu（1919—1996），曾任希腊总理，泛希腊社会主义
运动创始人和主席。

⑦ Polykleitos（生卒年不详），古希腊著名雕塑家和艺术家，主要活动时期是公
元前 5 世纪后半期。

所看见的绿色和呼吸的空气

我也下到充满魔力的乐队演奏中心

在阳光里拍下到此一游的照片

在这个深受欢迎且充满回忆的地方

我想要在那里测试它非凡的声学

我想说你好利波尔你好埃克托你好劳尔你好海梅[①]

像擦火柴或刮车票那般轻缓地说

这样我就可以确定这里的声学多么出色

因为我秘密的问候不仅能在看台高处听见

也能在只有一只鸟儿飞过的天空听见

将越过伯罗奔尼撒[②]、伊奥尼亚[③]和第勒尼安海[④]

地中海、大西洋和乡愁

最终像一阵透明干燥的微风那般

溜进铁栏之间

[①] 在乌拉圭独裁裁下的政治犯：Líber Seregni, Héctor Rodríguez, Raúl Sendic, Jaime Pérez。

[②] 希腊南部的一个半岛。

[③] 古希腊时代对今天土耳其安纳托利亚西南海岸地区的称呼。

[④] 地中海的一部分，位于意大利半岛西面。

在墙内

（一个可能性罢了）

昨天律师来了，他告诉我事情在向着好的方向发展。并非不可能。也许有这个可能。一个可能性罢了，我知道。但我得承认，那个消息让我有些激动，甚至心跳加快。并不是说我曾放弃过希望。我一直都深信，某一天会再次见到你们。然而，遥想这个愿望不知道还得过多少年才会实现是一回事，而它突然闯入可预见的前景又是另一回事。我不想让自己抱有期待。但却又无法避免地满怀期待。这是可以理解的，对吗？前天我才在想，也许我得在这里待上好多年，我甚至都做好了要习惯缴税的心理准备，像萨尔托①那位嗓音如魔鬼般的牧师常说的，"亲吻鞭子"（你记得吗？），而现在，当那段时间有可能、也许、抑或、说不定会被缩短到一年甚至更短时，这段可

---

① Salto，乌拉圭西北部城市，为该国第二大城市。

以度量的时间却比之前那段漫长得看不到头、我已甘心屈从的日子更加难熬，这太奇怪了。人真是复杂的生物，不是吗？你和老头儿，你们怎么看？先别急着告诉贝阿特丽丝，我不想给她期待，却又让她的期待落空，她还太小，受不了那样的打击。只是想象一下也许能够很快（在伸手可及的未来）见到她，就让我全身起鸡皮疙瘩。见到你，见到老头儿，又是另一回事。你可以想象我有多想看见你们，拥抱你们。长时间地和你们聊天，天啊，真让人开心啊！但想到贝阿特丽丝却让我紧张不已。五年没有见过孩子，而且她那么小，五年简直像一辈子那么漫长。假如五年没有见到某个成年人，即使再相爱，即使也很煎熬，但那也不过是五年的时间罢了。比如，你们会发现我完全没有小肚子了，头发也少了（我指的并不是狱中的理发服务，而是发际线明显地推后——它与这里的道统毫无关联）。我也少了几颗门牙和臼齿（别担心，我说的是臼齿，而不是道德[1]！）。还有什么？对了，有一些新长的雀斑和几颗痣，一两道伤口。你看到了吧，我对自己的身体了如指掌。事实上，就我现在这种几乎离群索居的生活状态，身体不可避免地变得尤为重要。这并非自恋，而是因为在几小时几小时的时间里，身边再没有其他生命的迹象。我猜老头儿的白发一定更多了。皱纹倒不会增加，因为那个狡猾的家伙一出生就长满了皱纹。我记得在小时候，我总是对他眼睛周围以及额头的皱纹

---

[1]　臼齿在西语中为"molar"，与"道德"（"moral"）一词近似。

和沟槽印象深刻。但那似乎并未阻挠他深受女人们的欢迎。在我的印象中，当老妈还在世的时候，他也依然拈花惹草。你会是什么样子？当然了，你会变得更成熟，因此也就更漂亮。有时候，过去的忧伤会在脸上留下一记苦相；至少世纪初的小说家是这么写的。当下小说家的写法已经不再那么俗气了，哎，但苦相却从不会过时；忧伤依旧是那么普遍。但我知道你不会有那种苦相，即使有，又有什么关系，我会将你治愈。也许你会变得更加严肃，不会像从前那样轻快欢愉地大笑。但你一定也保持并发扬了你让自己快乐的能力以及随遇而安的天赋。假如律师的暗示最终真的实现，我完全不知道自己将如何（以及是否能够）回到你们身边。我的意思是：我不知道自己能不能出国。我只知道从这一点来说，一切都将变得十分复杂，但总要好过现在的分离，此刻的我不知道现在的分离究竟是不公平的，荒谬的，还是自作自受。我当然希望可以出国，因为我在这里还剩下什么家人吗？在埃米利奥去世以后，只剩下安娜姑妈了，但我不太想见她；毕竟她也从没来看过我。据说她的身体比以往更虚弱了，也许正是出于这个原因。而其他表兄们也因为显而易见的原因也没来看过我，即使我出狱了应该也不能见他们。基于各种各样的原因，在这里找工作一定非常困难，所以我还是觉得能出国最好，但现在来讨论（只基于律师暗示的少量信息）其中的细节还为时过早。与此同时，我在思考。思考具体的事情。在这种新可能性的面前，我突然停止了幻想，不再躲在回忆里，重现海边度假屋或家里的情形，也不再试图从墙上潮湿的污迹中辨别人像和面孔。现在，我把注意力都放在具体的事情上：工作、学业、家庭生活，以及各种计划。要是能完成学业也不错。不如你去你那里的大学问一下，哪些科目是有效的，哪些需要重修。只是以防万一，知道吗？还有工作的事，我知道你有一份不错的工作，但我也想要能够尽快开始上班。你别认为这是大男子主义。你得明白，我从来都是一边工作、一边学习的，已经习惯了，而且我也喜欢这样。不如你和老头儿去了解一下这方面的消息吧？你们了解我最擅长的工作是什么，但走到这一步，我已经不奢求找到完全对口的工作了。我什么都可以做，你明白吗？什么都可以。我的身体已经差不多恢复了，而且在那里肯定会恢复得更好——当然，需要特别注意，不能让小肚子又回来了。我只要一想起可以和你和贝阿特丽丝和老头儿恢复正常的生活，我的嘴里就会分泌唾液。十五天前起，我又有了个与我分享这空间的人，一个室友，他是个好人，我们关系很不错。然而，我却不敢跟他聊我的新希望，只不过是因为他没有新希望，至少现在没有，假如放纵我的欣喜（我总是不可避免地隐隐担心自己会患上"急性乐观炎症"），我担心会（哪怕是间接地）给他带来绝望和痛苦。我们都很慷慨，至少我们都在这里学会变得慷慨，尤其是在熬过了第一阶段的自私、封闭、孤僻甚至疑心过后；但慷慨也是有界限的，有其自身的领域和极限。我清楚记

得一年多前，当 J 出狱时，我的感受非常矛盾。我怎么可能不
为他高兴，他这样一个杰出的人将与妻子和母亲团聚，将再次
投身于工作并感到自己是个完整的人。然而，他的离开也让我
沮丧，首先是因为 J 是一个我可以二十四小时都与他待在一起
的人，其次，他的离开也显露出我被留下来的残酷与悲哀。有
意思的是，好的陪伴并非总是等同于倾诉和聆听，分享生命和
死亡、爱情和失恋，谈论很久前读过且此刻读不到的小说，讨
论哲学和相关话题，总结过去的经历，分析自我的思想和意识
形态，交换彼此童年的回忆，只要一有机会就一起下棋。好的
陪伴更是懂得住口，尊重对方的沉默，明白那即是对方在那个
阴郁的日子所需要的，因此用沉默来支持他，或者让他用沉默
来支持自己，然而（这个"然而"非常重要），任何一方都不
会主动提出或要求，而是由对方自觉意识到这一点，那是一种
自发的团结。有的时候，构成一段良好的狱友关系、一段可以
成为终身友谊的关系的，并非不合时宜的吐露秘密，而是适时
的沉默。有些人甚至因认为分享彼此的生平事迹十分有必要而
凭空捏造。而且他们不一定是臆想狂或说谎家（虽然也有这样
的人）；有时候他们是出于好意、出于对室友的礼貌而编造故
事，以为这样能分散对方的注意力，让他们忘记自身的无助，
或是将他们从痛苦之井拽出来，激起他们的怀念，点燃他们的
回忆，甚至将杜撰回忆的病毒传染给对方。当一个人被判刑给
自身的孤独，或者当刑罚是被迫每天与其他一个、两个或三个

室友的孤独（他们的孤独也都是被迫的）共处一室时，人就变成了奇怪的生物。我不相信（即使在经历了这艰难无比的几年后）那位阴郁的存在主义者所说的地狱是其他人的说法，但我却承认很多时候其他人并非天堂。

受伤的和瘀青的

（睡着的男人）

午后，寂静在外面，也在屋内。格蕾西拉知道透过百叶窗会看见什么。荒芜的不仅仅是通向楼房的步道，还有周围的一切：花坛、小区内的街道、窗户、B 楼的小阳台。

那个钟点唯一在活动的居民是几只奇怪的大黄蜂，嗡嗡地靠近百叶窗，但却无法飞进来。从远方，很遥远的地方，时不时传来一阵尖叫声和笑声，仿佛一道难以察觉的声波，从十二个或十五个街区外的一所男女混校传来。

那么，既然已经事先知道会看见什么，她又为什么要从床上起来走到百叶窗边观望呢？外面跟通常一样，相反，在屋内，比如床上，却有新鲜事。

格蕾西拉把烟头在床头柜的烟灰缸里掐灭。她半躺在床上，手肘撑着身体。她看着自己裸露的身体，打了一个寒战，但却并没有伸手去拉堆在床脚的被单。

152

她继续盯着百叶窗，但并没有什么引起她兴趣的东西。也许只是为了背对着床上的东西，但那并不是拒绝，而更像是将快乐延长。接着，在转身前，在把目光转过来之前，她用手缓缓摸索着，直到将它放在睡着的男人的皮肤上。

睡着的男人的皮肤抽搐了一下，像试图轰走苍蝇的马儿那样。那只手并没有被吓到，一动不动，非常顽固，直到肉体再次平静下来。

接着，格蕾西拉转过半躺着的身体，正对着睡着的男人。手掌依然抚在那片雀斑形成的群岛之上，她从头到脚又从脚到头地打量着他，在某些地方稍作停顿，那是在过去几小时让她欢喜、让她乱了套的角落和小区域。

比如，她的目光停留在他结实的肩膀上，她在几小时前用耳朵和脸颊抚摸过的肩膀；停留在毛发不多的胸部；停留在孩子般的奇怪的肚脐，肚脐随着他的呼吸而起伏，像一只惊愕的眼睛盯着她；停留在胯部深邃的伤口，它来自某个他从未提及过的营房；停留在下身三角区凌乱微红的卷毛；停留在经历了激烈战斗后此刻正在休憩的神奇的性器官；停留在两个不一样的睾丸，因为左边那个在经受了同一个不知名的营房的拷打后从未得以恢复，依然瘀青且皱缩；停留在强健的曾跑过八百米跨栏的双腿；停留在粗糙的大脚，细长的脚趾有些扭曲，其中一个趾头即将长成嵌甲。

格蕾西拉把手掌从那片人体地形中拿走，将嘴巴靠近另一张嘴。就在那一刻，那个也许正在做梦的男人在嘴角勾出一道微笑，于是她决定将身子移开，为了更好地欣赏那道笑容，更好地想象它，直到微笑变成了呼气、吁气和喘息，渐渐模糊，最终变回那张半张着的嘴。她把嘴移开，紧闭着嘴唇。

此刻她平躺着，双手撑在脖子下面，看着无云的天花板。寂静依然从外面渗透进来，还有锲而不舍的大黄蜂，但已经听不到男女混校传来的笑声和叫声了。

那不是贝阿特丽丝的学校，而且上课时间也不一样，但格蕾西拉伸出一只胳膊去看电子钟的时间，电子钟是公公送她的礼物。她再次把手放在脖子下面，为了不让睡着的男人突然被吓醒，轻声说道：

"罗朗多。"

睡着的男人略微动了动，缓缓伸出一条腿，依然闭着眼睛，将一只手放在醒着的女人平滑的小腹上。

"罗朗多。起来了。贝阿特丽丝一个钟头后就该回来了。"

另一个人
（阴影与昏暗）

　　最糟糕的是还没对未来达成统一意见就任由时间流逝。因为即便就那个问题讨论了再多个小时，即便再多次鼓起勇气提起它，也都无济于事。所有的论据和反论据都在他，罗朗多·阿苏埃罗，重复那个创世纪第一天（如今已成为经典）的动作时坍塌：用双手捧起她的脸庞，带着随次数增加而愈发坚定成熟的信念亲吻她，并留下更加醉人的痕迹。当他带着与第一次相同的细致与欢愉脱下她的衣服，当她任他抚摸，并带着肉体的快感抚摸他，那快感将她照亮，让她迅速从被引诱者变身为引诱者，于是，所有的耻辱感、所有良心的折磨以及随心所欲地把自己放在不在场者的位置的努力都一并终结。他们从不在晚上做爱，因为格蕾西拉不希望贝阿特丽丝在圣地亚哥之前知道这件事。格蕾西拉不希望女儿某个迷惑的眼神或不经意听见的声音会将那干净透明的行为变成一个隐秘的、需要她们

155

一同来解开的谜。正因如此，他们选择在下午做爱（而他也没有异议），在城市午睡的时候，唯一能听见的声音是在花坛或百叶窗附近转悠的大黄蜂发出的嗡嗡声。

格蕾西拉告诉他，那个迫不得已的见面时间帮她克服了一个过去的偏见，那个偏见比她以为的和对自己承认的都要更根深蒂固地存在于她的习惯中。她与圣地亚哥从不在下午做爱，因为她想要在彻底的黑暗中进行那个仪式，不希望触觉的注意力被任何事物分散——对她而言，触觉是爱情的结合中最重要的感官。圣地亚哥虽然并不认同触觉的优越性和排他性，但却不太痛快地顺从了她的要求，他认为那是由于被误导的清教主义造成的，特别是她在修女学校所受的教育。不能对着老天干，圣地亚哥如此解释自己不可避免的让步。但格蕾西拉从来都坚称那根本不关修女的事，完全归咎于她自己，她有一种阴暗的羞耻感——她并不引以为荣。罗朗多表面上看起来心胸宽广，但实际上却不喜欢听她事无巨细地描述那些与另一个男人赤身度过的夜晚，作为小报复，他询问她在圣地亚哥之前的关系，她并没有生气，反而有些羞愧地承认说在圣地亚哥之前没有别人，接着她再次提起阴影与昏暗的话题，她说，证据就在眼前，你看，我们在午睡的钟点做爱，即使百叶窗都关上，昏暗也依旧那么明亮，什么都看得清。她对对方身体的欲望是如此强烈且迫切，与他结合的快感是如此温柔，以至于在他面前她从未坚持过她那过时的对黑暗的需求，而且，她非但没有忘记自己对触觉的执着，反而（几乎是在违背她意愿的情况下）发现当她用目光注视触摸的每一个动作、每一条常规路线和新发现时，当她长满苔藓的河谷与山丘被观看时，触觉的感受会多么激剧地增强。只有当享受和发泄结束后，当他，罗朗多，点燃一支香烟，然后再点一支，递给她，只有在那时（更准确地说，在一小会儿之后，当她从厕所回来，背对着他蜷在床上时），那个缺席的人才会再次置身于两个人之间，置身于那两具获得满足后软弱无力的身体之间。

她说啊说，把情况翻来覆去地琢磨，甚至说她从未像现在这般深切地感受过自己的身体，无论是身体上还是精神上都从来没这么享受一个其实没多少变数的行为（罗朗多并不完全同意这一点，但他只是微微笑了笑），然而，她却并没因为那种满足感而做比较，她不想侮辱关于圣地亚哥的回忆，甚至也不想侮辱关于他身体的回忆（罗朗多不再微笑），她不想抹黑他的形象，况且她也没权利那么做，因为她不会忘了在她与圣地亚哥做爱的时候，他们俩都更年轻，更迫切，或许也更充满活力（罗朗多皱了皱眉），但同时也更缺乏经验，此外，这些年来他们以及身边人遭受的痛苦让他们变得更坚强，同时也更温柔，更真实，同时也更不真实，更明确，但也更容易受想象力左右，所有这一切，所有仪式和规范的坍塌，所有过去与现在、现在与未来之间的矛盾，所有那些新提出的客观性、消除迷信（罗朗多露出微笑，然后叹了一口气）和忧郁，突然之间变成了悲伤故事里唯一的光：在与他人的交往中更诚实，更公正，成为更好的三等公民——因为一等和二等公民已经不存在了，或许他们只存在于小说和虚伪之中。

直到某天下午，当他们做完爱，她再次开始念她的事后咒语时，罗朗多掐灭烟头，拿走她手里的烟，把它也掐灭，温柔地拉起她的一束头发，缓缓让她躺下，不慌不忙地爬上那具惊讶且颤抖的身体，在吻了吻她的耳朵后，说道，格蕾西拉，别再说了，你和我都清楚整件事是怎么回事，所以你这是在跟谁说呢？他是你的丈夫，我是他的朋友，而且他是个非常杰出的人，但我们不能再继续打良心的乒乓球了，明白吗？我们需要做出决定，但事实上我们好像已经做出决定了。我们找到了某个对我们而言很重要的东西，因此，我们将一起前行，一起面对将会遇到的所有问题和烦恼。接下来的章节会很艰难，但我们将一起面对。这一点你知道，我也知道。让我们暂时把圣地亚哥的问题放一放，等到他可以知道这件事、能够应付这个新情况的时候再来讨论。你和拉斐尔先生决定在他还在坐牢时暂时不把这件事告诉他。我不太确定这是不是最好的办法，别忘了，我也坐过牢，我明白在牢里的人会如何看待这种事，但我接受你们的决定，也接受我对这个决定应该负的责任。假如在经历了这一切后你依旧尊重圣地亚哥，我也依旧尊重他，那我们就不能继续在每次做完爱之后谈论他。当然，你会继续想着这件事，我也会继续想着它，各自在心里想着。他停顿了一下，再次亲吻她，在他，罗朗多·阿苏埃罗，做好准备后，用所能想到的最好的方式说道：如果我们能够不再用言语翻来覆去地讨论这个话题——那些不断重复的言语让我们精疲力尽，那个简单的沉默会帮助我们，帮助我们以自身真实的模样、而不是带着某种脆弱的义务去相爱。

流 亡

（再见和欢迎）

霍尔维德是德意志联邦共和国科隆市的一个街区。最好用 *Köln* 这个名字，避免与乌拉圭的科洛尼亚·德尔·萨克拉门托混淆。[①] 一个乌拉圭家庭来到霍尔维德定居（当时以为是暂时性的定居，但如今已过了七年）。他们是奥尔加和她的三个孩子，1974 年他们仨还是小孩，如今已长成青少年。那是一个不完整的家庭，因为父亲大卫·坎波拉自 1971 年起就被关在乌拉圭的监狱里。他的三个孩子（阿列尔、西尔维娅和巴勃罗）就读的学校为他在 1980 年的释放起到了决定性的作用。

用坎波拉的话来说："霍尔维德是个工人阶级街区，是德国生活的一景。这里什么都有：工人和社会边缘人士，体育场，小商店，友善的老太太和爱八卦的老太太，几座教堂，两

---

① 科隆在德语中为 Köln，西语中为 Colonia，与乌拉圭城市 Colonia del Sacramento 的第一个词相同。

间银行，一所非常进步的试点学校。总的来说，都是普通人。"

"学校刚好在我家孩子开始上学的时候成立，"奥尔加告诉我，"现在有一千两百名学生。所有人——家长、老师、学生、校长，甚至是教育部——都参与到要求释放大卫的活动中来，教育部坦承，对这所学校而言，人权问题不仅仅局限于课堂上的理论。学校创建了一个坎波拉委员会，每两周开一次会，计划接下来的行动。有时候我们觉得可以做的事都已经做过了，但却总是会想出新提议。"

学校举办了几次关于乌拉圭的会议。在第一次会议中，学校将家长们召集起来，告知他们大卫的情况，并就能够做些什么向他们咨询。"我们预估会有三十多个人来参加会议，"奥尔加说，"但却出人意料地来了五百个人。通过讨论，人们决定去乌拉圭大使馆门前游行示威。租大巴，募捐，他们甚至还为孩子们买了保险，因为游行示威就意味着带他们离开科隆，前往波恩。有些孩子把零花钱拿出来捐给委员会。一共花了四千马克，超过八百人参与了游行。在这里，这是个很大的数字，尤其是考虑到小孩子需要在父母的陪伴下或者拿到书面授权才可以参与游行。由此开启了一系列密集的活动。他们给乌拉圭政府寄了两万多封信，还有许多签名，并且让本市其他十三所学校也参与到这项活动中来。报纸上刊登了许多相关的文章，人们逐渐了解了坎波拉的事迹，并把它当作自己的事来看待。从未发过传单的受人敬重的家庭妇女走上街头，向人们征集签名，并解释发生在乌拉圭的事。少数人说：'既然他在监狱里，肯定是因为犯了什么罪。'但那不过是极少的例外罢了。"

那个团结一致的集体与那个家庭共同面对形势的起伏，无论是出狱的希望，还是独裁政府对要求的毅然否决。"终于，我们比大卫本人都更早得知他即将被释放的消息，校长告诉我们许多家长想要去机场接他，想要征求我们的意见。有一点我们非常明确：那些为他的自由付出了如此之多的人当然有权利与我们一起分享喜悦。我提前到法兰克福去接他，并向他解释情况，因为他显然并不知道多少人曾为他的自由而做出过努力。接着，在科隆机场有三百人来接他；拿着绘画、花朵和苹果作为礼物的孩子们，还有许多泪水。"

学校决定举办一场大型庆典，这样"所有人都可以亲眼看见并且亲手摸一摸大卫了；他是所有人的成就，所有人的战利品，所有人团结合作的成果。当然，我们首先得把事情的经过全都告诉他"。

庆典中有人演讲。福克医生发表了讲话。六十五岁的福克医生是社会民主主义保守派；从某种意义来说，她是大卫在德国的道德担保人。"事实上，"奥尔加说，"她是守护我们一家的教母。"发表演讲的还有校长，一名家长代表（"一名建筑工人，也是我们在这里最好的朋友之一"），一名学生（"他成为了一名出色的政治家"）以及一名教师代表。接着，大卫有五分钟的时间来向大家致谢，但加上翻译（他女儿西尔维娅做翻译）的时间，一共用了八分钟。最后讲话的是一名议员、市长以及（由于多个为拉美工作的团体也受到了邀请）一名萨尔瓦多革命民主阵线（FDR）[①]的女代表。"接着，舞会就在意大利工人乐队的伴奏下开始了。一场欢乐的聚会，有食物、饮料、泪水……"

以下是大卫·坎波拉在1981年3月20日所发表的讲话："今晚有着特别的意义。我们用一种既亲切又奇怪的方式来这里告别，同时也欢迎彼此。我们毫不悲哀地与一位坐了九年牢的男人告别。他之所以坐牢，是因为当他的同胞挨饿受苦、受到不公正待遇时，他并没有袖手旁观。我们与一场非常痛苦、有些漫长但却极具价值的经历告别，但我们不会忘记它。所有政治犯都应该感激他们的狱卒，因为狱卒用行为和人品向他们证明了自己的信念和作为是多么的正确。当即使再持久的磨难也无法将他击溃打败时，那即是那个人最能肯定自己的行为的时刻。我们在告别一个情形，但我们会保存关于它的全部回忆。今天，我们也欢迎一位新加入这所学校的父亲。三个孩子和一个妻子牵着我的手带我来到这里；他们想向我展示人类筑建的美德。属于人民的男人和女人，他们能够付出和给予。这是一位心情激动的父亲，他感觉像在自己家里一样，他在今天可以跟大家说'你好'，问大家我们将一起去哪里。我从心底感到这场聚会非常特别，与其他任何聚会都不一样，是一场崭

---

① FDR 为萨尔瓦多的政治联盟，成立于 1980 年。

新的且十分重要的聚会。它是如此的重要，以至于我找不到确切的词语。它是如此的崭新，这种热情跟通常一样，源自那些关爱他人的人们。这个夜晚也非常伟大。我们必须继续坚持下去，继续拥有能够做这件事的能力。需要让已获取的成果发芽生枝。因为你们做到了。你们战胜了独裁的暴行，战胜了狱卒的顽固和憎恶，战胜了只关心自我生活的懒惰和舒适。你们做到了，站在这里的我即是你们的能力的证据。证据，但却不是量度。因为一个下定了决心做某件事的人所能抵达的范围是无法被量度的。今天，我胆敢代表我在监狱里的兄弟姐妹，代表他们中的每一位，对你们说：谢谢你们没有抛弃我们，谢谢你们这般爱着我们。我请求你们继续支持拉丁美洲，那个正在用自己的鲜血赎回自由的大陆。今晚，我们可以在聊起监狱和死亡的时候不抹去喜悦。因为我们的喜悦是斗争胜利的喜悦，因为我们的庆典是艰苦奋战的庆典。我们之所以感到快乐，是因为我们懂得担负他人的痛苦。我找不到恰当的方式来感谢你们为我付出的一切。自由的空气、光线、街道和声音，梦和书籍，都是你们给我的。你们将孩子和妻子还给我：我的感情家园，我永恒的温柔。与你们说话，跟你们说这些，让我们感到羞愧。我唯一想向你们表达的，是我对人类的信念以及一名犯人晦涩的见识。向你们表达，你们这般有决心的好人，刚刚完成了一项不可能任务的你们。你们知道，并且有能力做到。这个庆典是为你们举办的，拥有至高荣誉的你们。而我则是那个为你们鼓掌、给你们拥抱的人。"

　　德国人哭了，拉美人更是——你们完全可以想象。这一点儿也不奇怪。奥尔加说（因为大卫的嘴很紧）"一个女孩长时间地拥抱他、安抚他的背，感谢他所给予她的一切"。归根到底，那个女孩说得没错。大卫在不自知的情况下无意间给予了那个群体一个非凡的机会，让他们展现出最优秀的自我。

拉斐尔先生

（一个叫作莉迪亚的国家）

　　我是外国人吗？在某些日子里，我对此十分确定；在另一些日子里，我对这个问题毫不关心；在其他日子里（更准确地说是夜晚），我无法承认自己外国人的身份。或许外国人的身份也是心情的一种？假如我在芬兰，在佛得角某个岛屿，在梵蒂冈，在达拉斯，我也许会非常肯定自己是个外国人，但就算如此，又有谁知道呢？说到这里，为什么我们在提起遥远的国度、提起远方或异域时总会第一个想到芬兰？是谁把这个偏见塞进我们脑袋里的？对我们而言，提起某个住在芬兰的人，仿佛等同于他住在地狱似的；如果说我们并非总是把这两者联系在一起，那是因为我们从未见过覆盖着那么多冰雪的地狱。归根到底，除了《卡勒瓦拉》[①]和诺贝尔文学奖得主西兰

[①] 芬兰的民族史诗。

帕^①（那个名字里的两个 a 头顶四个点的人）以外，我们对芬兰或芬兰人又有多少了解？直到 1952 年奥运会之前南锥体国家的报纸都将赫尔辛基写作 Helsinski，在 k 前面多加了一个 s，但在那之后不久，报纸开始用 Helsinki 的拼写。奥运会期间究竟发生了什么能让赫尔辛基丢掉它的第二个 s？

但我并不在芬兰，而是在这里。在这里，我是外国人吗？不久前，我在一位德国作家的书里读到对这种矛盾的日子的描述："有意思的是，外国人首先学会的通常是脏话，骂人的话，居住国当下流行的俚语（在 P 生活了不过几个月的小女孩在痛苦尖叫时已学会用法语说'Ai！'，而不是'Au！'）。"按照他的定义，我算不上是外国人，因为我依然使用与在"紫色大地"^②时同样的方式诅咒怨骂。当感到疼痛时我也不会用感叹词（无论是外来的还是本地的感叹词），我只会发出一种奇怪的声音，可以把它称为拟声词，尽管字典上拟声词的例子只有三个（喵，汩汩，砰砰），它们当然（幸好）不是我通常在疼痛时发出的哼唧、咕嘟或咆哮声。

比如，上个月 9 号（星期三），当奥多涅斯教授用他大众车结实的车门夹住我的手指时，假如我当场发出了汩汩声或砰砰声，我会如何看待我自己？相反，我喉咙发出的有节制的叫

---

① Silanpää（1888—1964），芬兰作家，于 1939 年获诺贝尔文学奖。

② 指乌拉圭，"紫色大地"的说法来自英国作家威廉·亨利·哈德逊写于 1885 年的以乌拉圭为背景的作品《紫色大地》。

声，以及断然的目光（并非"果断"的含义，而是"切断、割断"之意）一定让奥多涅斯教授确凿无疑地感受到了我在那一刻对他的恨意——那一瞬间的恨意对他而言很不公平，因为他之所以夹住我的手指仅仅是由于不可原谅的一时疏忽，而并非出自对外国人的排斥与憎恶。然而，我必须坦承，即使我非常确定那个笨蛋一定也会带着同样的镇静和笨拙压扁他亲爱的同胞的手指头，这个念头也未能带给我哪怕是一丁点儿的慰藉。尽管听起来不真实，但那件不幸的事却让我觉得好笑，因为在那几分钟的时间里我们俩看起来像两张"苍白的面孔"（还好前方没有出现任何苏族人①）似的：我，是因为在喉咙发出呻吟的过程中差点儿晕厥过去，奥多涅斯也是出于相同的原因。唯一的区别是，被夹住的指头是我的。现在让我们设想一下，假如大众车的主人是个帕索莫利诺人、坦波雷斯人或帕尔米塔斯人②，即使我同样疼得快昏过去了，我还会产生那种瞬间的恨意（我承认那是不公平的）吗？我不太确定，但既然获得答案的唯一方法是被某个来自帕索莫利诺、坦波雷斯或帕尔米塔斯的同胞用他的大众汽车（好吧，也可以是其他牌子的汽车）的车门夹住手指，那么我情愿待在虽不确定但却十分舒适的哲学怀疑中。无论如何，即便我对奥多涅斯那个烦人家伙的恨意带有某种国际含义（或者至少是拉美含义），这件事也不能被

---

① 苏族是北美印第安人中的一个民族。

② 指 Paso Molino、Tambores 和 Palmitas，均为乌拉圭地名。

归为排外，而是恰恰相反。

被迫"移植"对任何年龄的人而言都是件十分困难的事。我亲身体验过。但也许年轻人更受罪。我指的并不是格蕾西拉或罗朗多，也不是在某一天重获自由的圣地亚哥。我更担心的是孩子们，当纷乱开始时他们还很小。他们几乎不可能把生命中的这段时光看作是非暂时性的、看作是一场漫长的挫败。危险在于，这种感受可能会让他们成为某种不可逆的腐蚀过程的受害者。

那些孩子中有多少人曾在拉特哈区、马尔文区或工业区英勇奋战，而如今却在巴黎的圣心堂、佛罗伦萨的老桥或马德里的跳蚤市场，在地摊兜售亲手制作或编织的手工艺品？那些笑容含糊、目光疏离的年轻男孩和女孩中又有多少人没在几个月或几年前亲眼目睹最亲爱的同志被捕？又有多少人没听见过隔壁令人作呕的牢房里传来的撕心裂肺的叫声？假如无法意识到他们的希望全都被活生生地摧毁了，又怎么能够公正地评判这些新悲观主义者、这些早熟的怀疑主义论者？我们又怎能忘记，这些年轻人被迫与周围的环境、家人、朋友和教室分离，他们被剥夺了最基本的人权——像年轻人那样去叛逆、去奋斗的权利？他们只剩下像年轻人那样死去的权利。

有时候，年轻人拥有抵挡子弹的勇气，但却没有防御失望的意志力。但愿我和其他老人能够说服他们，让他们明白，他们的义务是保持年轻。不要因为思念、厌倦或憎恶而老去，而要保持青春，这样的话，当回家的那天到来时，能够像年轻人那样（而不是像过去造反的遗迹那样）回去。像年轻人那样，也就是说，像生活那样。

在那次爆发后，我认为自己获得了深呼吸的权利。毫无疑问，当我严肃起来时，我会变得叫人难以忍受。但也许这才是真实的拉斐尔·阿奎尔：叫人难以忍受，讨人嫌，用词夸张。而另一个拉斐尔·阿奎尔，那个喜欢玩文字游戏、爱嘲弄他人更爱嘲弄自己的拉斐尔，事实上是真实的拉斐尔的面具。

也许那是对我向自己提出的问题（我是外国人吗？）的一种反常的、绕圈子的回答。我用这样的方式来回答自己：我把右手放在寿衣上，左手画一个太阳——真希望它能像小孙女用天马行空的色彩绘画的太阳那般自然、那般明亮。只是我无法像她那样在对天空毫无修饰的情况下画出绿色的太阳和粉色的云朵。总之，对我而言，太阳（尽管是传统意义上黄橙色的太阳）要比寿衣强大得多。

老人拥有的唯一安慰是，尽管很难，但却能感到年轻。注意了，我说的是年轻，而不是愚蠢。并非穿着光鲜耀眼的衣服或听舞厅里震耳欲聋的垃圾音乐来装年轻人（啊，与我在老去之前听的披头士乐队无法相提并论，他们的 *Michelle*、*Yesterday*、*Eleanor Rigby* [1]！），而是用心去感受，战胜重重困难，感到自己是个年轻的老人。

---

[1]　三者均为英国摇滚乐队披头士的曲目。

也许那是莉迪亚弄明白的第一件事，那（我是指她弄明白了那件事这一事实）也可能是我喜欢上她的第一点。而且没抱多大幻想。事情之所以发生，或许是因为她是本地人，因为她不是我的同胞。没有人能够也没有人想要抹去思乡之情，但流亡也不应该成为一场挫败。与当地人建立联系、一起工作，把他们当作自己人看待，是让我们感到自己有用的最好的方式，而挫败的最佳解药即是感到自己有用。

与本地人建立联系。好吧，我与莉迪亚建立了联系。就像我有时跟她说的那样：你瞧，到头来我这是"正在莉迪亚中"①。我感觉好一些了。用拐杖来掩饰已经是很久以前的事了。也正因如此，我并不觉得自己是外国人，因为她并非我的外国人，而更像是我的女人。她有一些土著的血统，谢天谢地。又或许她有着黑人的血统，再次谢天谢地。她漂亮的肌肤比格蕾西拉和贝阿特丽丝的都要黑一些。更要比我的皮肤黑得多（却远没有那么多皱纹）。

也许我是与一个叫作莉迪亚的国家建立了联系。它与我从前建立过的所有联系都不一样。它缺乏一些经典原料：紧迫性，激情，呼吸困难，我更不敢说自己坠入了爱河，但也许我敢那么想。假如我照一照镜子（那是不应当的行为），会自然

---

① 此处是作者的文字游戏，莉迪亚西语为 Lydia，而动词 "lidiar" 的含义为"应付，对付，处理"，此处原文使用 lydia 的动名词形式，表示"正在莉迪亚中"，也指"正在应付、处理中"。

而然地找回理智。没有（也不会有）婚姻，但我无法否认的是，莉迪亚即使和我不属于同一个村子，也是属于同一个种姓、同一个部落的。说我与一个叫作莉迪亚的国家建立了联系并不只是个比喻，因为是她把这里的事物介绍给我，带我品尝美食，认识这里的人。我已经开始欣赏（当然，我不会真正使用）当地的习惯用语了，不只是那些既定的，还包括新兴的，比如，当莉迪亚妹妹的小叔说想要动动胡子时，就意味着他想要吃饭了。

尽管如此，我依然会与同胞们见面。有太多的话题只能与他们聊，我的意思是，只有与他们才能开诚布公地聊得尽兴，我们都明白事情的原委——尽管并非总是了解事情的结果。权衡复杂的过去，越是邻近的过去就越是棘手，或是像我的好友巴尔德斯（内科和呼吸科专家）带着内行的诡诈所说的："先生们，我们得拿听诊器诊断一下这个国家，把耳朵放在它的后背，对它说：说三十三，请说三十三名东岸人①。"

但走到今天，那已远远不够了。我不能以那样的方式生活在这里，不能一直在心里想着明天、明年 10 月或两年后我就能解开锚绳，开启归程——那神话般的归程。因为以那种临时性的方式生活永远都无法将自己全身心投入，于是，当我深入探索那个叫莉迪亚的国家时——不仅仅是性方面的暗示（尽管我

① 1825 年，三十三名来自东岸的抗议领袖将东省从巴西解放出来，并以此宣告乌拉圭独立。

172

得承认自己在那方面也进行过深入的探索，真美妙啊），我也发现了莉迪亚的同胞们所发现的事物，也从头到尾收听广播、观看电视新闻，不只是关注国际新闻，在日常生活中期待着某天会从那边传来好消息。但传来的却是又消失了四个人，或监狱里死了三个人，而且并非总是因为某位被迫卸任的总统所谓的"审讯的严厉和苛刻"，而仅仅（并且完全）出于坐牢的疲惫和过度煎熬。传来的消息是再次举行"清扫"，五百个人被逮捕，接着，不出所料，四百二十人获得了释放，然而另外那八十个人是谁？等待他们的命运是什么？

我们正在逐渐丧失一个健康的习惯：希望。我们已几乎无法理解为什么其他社会还依然在创造希望。我记得 11 月 30 日那天凌晨。我让莉迪亚别过来。我想与我的怀疑主义单独相处。我不相信公民投票，对我来说，那是个荒唐的陷阱。但我在凌晨 3 点醒来，心血来潮地打开了短波电台。新闻与梦（当时正在做的梦也并不太鼓舞人心）交织在了一起，"否决"票推翻了军队的提议。直到我确定这并非梦的后续而是真实的新闻时，我才从床上一跃而起，仿若置身球场似的大声尖叫，突然间，我发现自己在流泪（毫无羞愧地流泪），甚至呜咽起来，那哭声既不做作，也不荒谬，我为自己情感的爆发而感到十分惊讶，试图记起上一次这样哭泣是什么时候。我一直追忆到 1967 年 10 月，在蒙得维的亚，我也是独自一人在夜里，另一个短波电台中，菲德尔·卡斯特罗宣布了切·格瓦拉去世的悲伤消息。

然而在1980年的11月，"莉迪亚国"的同胞们让我独自一人流泪，我为此感激他们。他们在第二天才来看我，在确认我的眼睛已不再湿润后紧紧拥抱我，听我详述那难以解释的事情。于是，我在向他们讲述的同时也在说服自己：独裁政府决定打开，不是打开一扇门，而是一条缝隙，那条缝隙是如此狭窄，只容得下一个词，于是人们看见了那条缝隙，毫不犹豫地把"否决"一词塞了进去。也许明天军队会狠狠关上那扇门，再次将他们以为坚不可摧的城堡关上，但为时已晚，那个决定性的词已经进去了，他们无法把它踢出来。在这个中子弹和核弹头横飞的时代，一个否定词所拥有的力量真是叫人难以置信。

当然，莉迪亚也来了（不是"莉迪亚国"，而是莉迪亚她本人和她的灵魂）。她什么也没说，就这一点我也很感激她。她也在确认我的眼睛不再湿润后，在我身旁的地板坐下（我像通常那样坐在摇椅上，停止了摇晃），把深色的脑袋和黑头发靠在我的膝盖上。

贝阿特丽丝

（赦免）

　　"赦免"这个词有点儿复杂，或者用爷爷拉斐尔的话来说是有点儿棘手，因为"赦"和"免"两个字都很容易写错。赦免是指宽恕某个人犯下的过失。比如，假如我在学校把衣服弄脏了，格蕾西拉也就是我妈咪会禁止我吃甜点一个星期，但如果我表现好，在三天后拿着优异的算术成绩单回家，她就会赦免我，我就又可以吃"船形冰激凌"了，那种冰激凌有三个球，一个香草味一个巧克力味还有一个草莓味——尽管爷爷拉斐尔像在乌拉圭那样把最后那种水果称为"智利草莓"。

　　又比如，某天特蕾莎满手是泥狠狠打了我一掌，我们俩闹翻了，两个星期没说话，也不再借牙刷给对方。突然某一天我看见她可怜兮兮很懊悔的模样，仿佛没了我这个朋友没办法活下去似的，当我经过她身边时我意识到她的呼吸变得非常急促。我开始担心她可能会像电视里演的那样自杀，于是我叫住她，对她说，特蕾莎，我决定赦免你了。但她却以为我叫住她是为了侮辱她，因此她越哭越厉害。最后我不得不跟她说，特蕾莎，别傻了，我赦免你的意思是我原谅你了。于是她再次哭了起来，但这次的哭声不一样，是因为激动而哭泣的声音。

再比如，某天我在电视上看斗牛，在斗牛场里，一个男人拿着一块红布，那头牛装出一副愤怒的模样，但它却非常厉害，在斗了几个小时后，那个男人终于厌倦了，说他不想再继续和这头佯装愤怒的畜生玩儿了，但牛却想接着玩儿，于是男人变成了愤怒的那一方，他极度愚蠢，将一把长剑插了牛的后颈，那头即将请求男人赦免的牛用非常非常悲哀的眼神看着男人，接着便倒在了场地中央，没能获得任何人的赦免。我感到非常惋惜，轻轻地叹了口气。那天晚上，我梦见自己在抚摸那头牛，对它说，喂，乖乖，乖乖。我常常对安赫丽卡的小狗"讽刺"那样说道，于是"讽刺"就会兴奋地冲我摇尾巴。但梦里的牛并没有摇尾巴，因为它依然在场地中央昏厥不醒，我赦免了它，但在梦里的赦免并不算数。

字典里说赦免是指忘记政治方面的罪行，于是我想，也许爸爸会被赦免，但我也有点儿担心那个把爸爸判为政治犯的军官记忆力很好，不会忘记爸爸的罪行。当然，我爸爸是个非常非常好的人，甚至还会打扫牢房，也许那个把他判为政治犯的军官会像爷爷对我那样，对爸爸网开一面，也就是说，即便他并没有真正忘记爸爸的罪行，也会假装忘记了，于是在某个晚上，那个把爸爸判为政治犯的军官会突然赦免爸爸，在一言不发的情况下把牢房的锁打开，让爸爸能够踮着脚尖走出牢房，安静地走上街，搭乘一辆出租车，非常开心地告诉司机自己刚刚获得了赦免，请司机立马带他去机场，因为他想要来这里见格蕾西拉和我。他会对司机说，您知道吗？我很多年没见到我的女儿了，但我知道她长得很漂亮，是个好孩子。而司机会说，啊，先生，真有意思啊，我也有个女儿。于是他们继续一路聊下去，因为到机场有很多很多公里的路程，当他们到达时已经是晚上了，我爸爸会对他说，由于我之前是政治犯，现在手上没钱付车费。司机说，不要紧，不过是三千八百万罢了，等您有了工作挣到钱的时候再给我吧。我爸爸说，您真是个大好人啊，非常感谢您。司机说，不用客气，向您的妻子以及漂亮又懂事的女儿问好，祝您旅途愉快，恭喜您获得了赦免。

相反，安赫丽卡则很记仇，每当"讽刺"并非出于恶意地轻轻（因为它的牙齿很小）咬了她一口时，她就会狠狠打它，并且在接下来的三天里不跟它说话，我知道"讽刺"伤心死了，但她却从不赦免它。我觉得小"讽刺"可怜极了，真想把它带回家，但格蕾西拉总是说，在流亡中不能养宠物，因为我们肯定会和宠物产生感情，而当某一天我们得返回蒙得维的亚时，不可能带着小狗小猫一起回去，因为它们会在飞机上尿尿。

当赦免来临时，我们会一起跳探戈。探戈是一种悲伤的音乐，人们在高兴时跳探戈，这样就会再次感到悲哀。当赦免来临时，格蕾西拉会给我买一个新的洋娃娃，因为莫妮卡已经很破旧了。当赦免来临时，不会再有斗牛，我也不会再长痘痘了。而且爷爷拉斐尔会给我买一只手表。当获得赦免时，也就不会再有健忘症了。赦免就像假期一样，会传播到全国各地。飞机和轮船满载着富裕的游客，他们来这里参观赦免。机舱内被挤得满满的，连过道上也站满了乘客，女士们会对坐着的先生们说，噢，先生您也去看赦免吗？于是先生不得不起身把座位让给女士。当赦免来临时，会有印着"赦免"二字的汤匙、T恤和烟灰缸，也会有新设计的洋娃娃，在按住洋娃娃的肚脐时它会发出"赦——免——"的声音，并伴随着一支乐曲。当赦免来临时，再不用背九九乘法表了，尤其是八和九那一栏，都是没用的垃圾。我想象着，当爸爸在某天来到这里时，他会在一整年的时间里一直谈论赦免。特蕾莎说桑德拉说过在极度寒冷的国家很少有赦免，但我觉得那里的情况并不会太糟，因为既然外面在下着大雪刮着寒风，那么政治犯也就不会想要被释放，毕竟牢房里会更暖和一些。有时候我想，赦免一再被推迟，也许当它真正来临时，我已经像格蕾西拉那么大了，我将在摩天大楼里工作，甚至还可以像大人那样闯红灯了。当赦免来临时，也许格蕾西拉会对罗朗多叔叔说，好了，拜拜。

178

另一个人

（穿上你的肉体）

所以你觉得我很奇怪？有可能，罗朗多，很有可能。而且我们也很久没见面了。然而，我却应该感到高兴。也许我的确很高兴，而这也正是让我看起来有点儿奇怪的原因。你觉得不可能吗？我们是如此习惯于死亡，新生命的诞生反而让我们措手不及，用当地棒球迷的话（瞧我融入得多快）来说即是"离垒被抓"。你一定在问自己，到底发生了什么。你无法相信发生的是令人鼓舞的事。你不太敢相信吧？我也是。然而，这个新消息却是个好消息：克劳迪娅被释放了，现在在瑞典。没想到吧？她被释放了，现在在瑞典，她写信给我，我也给她回了信。你怎么看？六年的时间很漫长，尤其是考虑到我可以逃脱（尽管刚刚逃脱，但终归还是逃脱了），但她却无法逃脱，不得不忍受那充满了污秽、羞辱、腐烂和谵妄的六年。现在，你来告诉我，在我得知克劳迪娅在那里备受摧残、勇气十足却伤痕累累、忠心耿耿却焦躁不安的情况下，我又怎么能够享受自由，享受工作（我终于找到了喜欢做的工作，找到了和专业对口的工作），享受想说什么就说什么的随心所欲，我又怎么能够享受生活？我今年三十二岁，身体健壮，充满了性欲和活力。你知道的，作为一个正常人，在我这个年龄是不可能六年都不碰女人的。我知道，克劳迪娅也知道，她曾在信中间接向我暗示，也通过其他方式开门见山地跟我说过："安赫尔，你别为难。我比以往都要更爱你，但我却不能对你提出那样的要求。你还很年轻，你在外面。你不能否认身体的需求。那是*你的*身体。我不会生气。永远都不会。我是认真的。请你一定要相信我。未来的事，我们等我出狱后再考虑。是的，我比以往都要更爱你，但你不能没有女人，你的生活中不能没有女人的身体。我比任何人都清楚你是多么需要女人的身体。"她一遍又一遍写给我同样的内容。只差引用巴列霍①的诗句："那一天就要到来，穿上你的肉体。"那几乎是她在信件和口信中沉迷的话题。我回复她，叫她不要操心，我目前一点儿欲望也没有，也许在未来会有吧。而她则会旧话重提。直到时机终于到来（并不是我主动寻找的机会），事情发生得很自然，我决定穿上肉体，换句话说，我和一个非常漂亮的女人上了床，我们理所当然地做了爱，但从另一个角度而言，那是一场失败。知道吗？我看着自己上下抽动，仿佛他是另一个人似的。当然

① Vallejo（1892—1938），秘鲁现代作家，西班牙共产党党员。

了，我的器官在与美丽的身体亲密接触时产生了反应：它们被唤醒，开始工作，并自行抵达高潮，但我却与那快感保持着一定的距离。我在那里，在一间遥远的牢房里，在一个身处远方的女人（她是我的女人）的耳边喃喃支持她，我摸不着她，但却试图安抚她身上永远不会痊愈的伤口；在她耳边说着没有关联的词语，那些词组成了我们俩的秘密仪式，是我们私人历史的重要坐标。你会说，这种事在每一对情侣身上都会发生。啊，但是这一对情侣中，一个人在这里，拥有自由身，愚蠢地因拥有自由而感到内疚，而另一个人则在那里，被关在监狱里，依然在斗争，有人陪伴，但却终归孤独，也许在想着我，想着我正在愚蠢地为拥有自由而感到内疚。那个正在与我做爱的女孩突然间明白了整个情况，尽管她身处这里但她也明白了（或许正是出自这个原因）；当我们沉默地躺在床上，看着天花板，她把手放在我的大腿上，说道："别担心，这是因为你是个好人。"接着，她从床上起身，穿上衣服，吻了吻我的脸颊，就离开了。因此，你可以想象一下，当我得知另一个女人，那个独一无二的女人，受惩罚的女人，忠诚的女人，在六年后终于获得了自由，与朋友一起在瑞典，对我而言是多大的好消息。故事讲完了。到目前为止。我们通了信，打了电话。我可以告诉你，电话并不是理想的交流方式，因为我们俩都在哭泣，到最后那通电话花了那么多钱，却只不过是在一刻钟的时间里听见了三个词和四声呜咽。我从一开始就写信叫她立即过来，甚至给她买了日期灵活的机票，她可以随心选择旅行的日期。但我在她的回信中留意到某种缄默，于是我开始想象荒谬的东西。你可以想象当一个人开始想象荒谬的东西时的自由。理智的人会在许可、居留、护照等方面找原因，然而我却选择其他方面，至少是其中一部分，把它们一一列举在写给她的信里。今天，我刚收到了她的回信。我给你念念："你依然想着那个你六年未见的克劳迪娅，但这六年里发生了许多事，甚至连面孔也都发生了改变，那种转变的速度不同于时间流逝的速度。比如，我知道你的容貌没有改变，只是老了六岁而已。这是正常的，对吧？但是我，亲爱的，我的容貌发生了改变。这即是你在我的信里留意到的缄默。既然你想象了那么多荒谬的东西，我做了个决定：我给自己拍了几张照片，你肯定不会相信，但我向你保证，我选了最好看的一张，把它一起寄给你，安赫尔，我希望在你决定我究竟应该过去还是留在这里之前，先看看我，看看我现在的模样，看看那六年在我的眼睛、嘴巴、鼻子、耳朵、额头和头发上留下的印迹。我请求你（你知道我是天主教徒，我以上帝的名义请求你），如果你真的爱我并且尊重我，请对我完完全全地坦诚。"罗朗多，你明白那封信想要表达的意思了吗？你也像我一样读懂字里行间的含义了吗？正因如此，我才对你说，也许我很高兴，而这也正是让我看起来有点儿奇怪的原因。感到高兴但却并不幸福。哎，知道吗？我从来没想过高兴也会包含如此多的悲哀。

受伤的和瘀青的

（操蛋的生活）

"当他跟你念那封信、提到那张照片时，你是什么感受？"

"不安。真的，我感到非常不安。"

"不安且内疚？"

"不，不内疚。"

"那你为什么带着这么张丧脸来？"

"可能是因为这团混乱本来也不是什么值得庆祝的节日吧。"

"你所说的'混乱'是指我们之间的事？"

"不然呢？"

"我不觉得它是团混乱。"

"噢，你不觉得？但它的确是。"

"你后悔了？"

"不。但它不是值得庆祝的节日。"

"你已经说过了。他们之间的事也不是什么节庆。"

"克劳迪娅和安赫尔？也不是。但至少比较透明，一种透明的痛，一种透明的爱。"

"和我们的不一样，我们的是不透明的。"

"我没那么说。"

"但你就是那个意思。所有你没说出口的，其实你都说了。你难道觉得我不会对自己说同样的话吗？"

"你很清楚，唯一让我觉得不透明的是我们没有把它告诉圣地亚哥。其他方面倒没什么。我真的很爱你，格蕾西拉，这一点很透明。"

"为什么又提这个？我已经和拉斐尔谈过了，他说服了我。我依然觉得他说得对。那对圣地亚哥而言太残忍了。以这种方式、在那里得知这件事。被关在四面高墙之间。"

"好了，他就快要出狱了。"

"是的，我为此而高兴。"

"你为此而高兴也就是说你为另一件事而后悔？"

"不，罗朗多，我也没后悔。高兴就是高兴，没别的含义。因为他即将获得自由（他应得的自由）而高兴。也因为我终于可以告诉他了而高兴。"

"你可以吗？"

"是的，罗朗多，我可以。我比你以为的要坚强得多。而且我非常确定。我相信另一种方式不会有好结果。我太过尊重圣地亚哥了，我不会继续欺骗他。"

"操蛋的生活！他在熬了那么多年后终于熬到出狱，等待他的却是这个。我的意思是：发现我们俩带着这样一个大好消息在等待着他。"

"我不知道。就像拉斐尔说的，毕竟，最好的方式是让他在这里得知这件事，以另一种心态。"

"其他人也会知道。他的同仁们。你亲爱的拉斐尔跟你提到过这一点吗？"

"没。但我很清楚。"

"我觉得他们不会站在我们这一边。"

"也许不会。圣地亚哥受所有人的爱戴。很难。"

"你打算怎么跟他说？"

"不知道，罗朗多，我不知道。"

"你希望我们俩一起告诉他吗？"

"我不知道应该怎样告诉他。我即兴发挥吧。但我却清楚地知道，我想要单独跟他说。我有这个权利吧？"

"你当然有权利了。小贝阿特丽丝怎么样？"

"她有些疏远我。那也让我苦恼。"

"她知道她的父亲十五天后就会来到这里吗？"

"她星期天就知道了。尽管圣地亚哥警告过我，但我还是决定告诉她。你知道为什么吗？因为我觉她可能已经通过某种奇怪的途径知道或感觉到了，她对我疏远或许也是因为我没有将这个消息告诉她的缘故。但在我告诉了她之后，她的态度

185

也没发生改变。"

"这个孩子真是太机灵了。她对我们的事肯定也有所察觉。"

"我也这么觉得。"

"毕竟，这是无法避免的反应。"

"或许是吧，但我有点儿担心。"

"你现在哭泣又是为什么？"

"因为你说得有道理。"

"当然了，但你具体指哪一点？"

"你刚才说的：操蛋的生活。"

流 亡

（阿拉玛的骄傲）

　　我在阿拉玛住了两年多，它距离哈瓦那十五公里，来自首都的建筑作业班孜孜不倦地在这里建起了一栋栋住宅公寓。那是古巴解决棘手的住宅问题却同时又不会影响生产的方式之一。在每个工厂、办公室或仓库，每三十三个人组成一个建筑作业班。这些人通常并非建筑工人出身，于是会首先接受基础的建筑课程，接着便开始修建五至十二层的楼房，完工后搬进去的人往往是他们的同事中最迫切需要新房的那些（有时候也会是他们自己）。建筑作业班因修建公寓而留下的劳动力空缺则由其他同事加班来弥补。有意思的是，是工人们自己想出的这个点子，政府不过是将之付诸实践罢了。

　　但其中有一个细节与我们息息相关。在每一栋楼房里，建筑作业班会将一套（如果是五层楼的建筑）或四套（如果是十二层楼的建筑）公寓赠予来自拉美国家的流亡者，这些公寓配备有家具、冰箱、收音机、电视、带天然气的厨房，甚至还包括床单和餐具。所有一切都是免费的。

因此，在阿拉玛聚居了不少拉美人。在那里的乌拉圭小孩或青少年即使不会讲两种语言，也会讲两种音调。当他们与当地的小伙伴在街头玩耍游荡时，他们操一口浓重的古巴口音。而当他们回到家里，面对依然顽固且有意识地使用乌拉圭习语（比如"vos"和"che"[①]）的父母，他们又再次成为来自拉美最南部的异乡人。

阿拉玛是个漂亮的地方，可能公共汽车和树木不够多，但空气很温和，有点儿咸湿，大海近在咫尺，人与人之间有一种不露声色的团结。

在1980年11月30日公民投票那天（那是乌拉圭独裁为自己设下的圈套），我已经搬去西班牙，没住在阿拉玛了。那天凌晨，当爆炸性的民众胜利的消息登上世界各大报刊的头版时，我理所当然地想起了许多事，其中就包括阿拉玛。我想，要是能在那里庆祝这让人难以置信的胜利该多好啊。

当我在第二年1月前往哈瓦那时，这是我与阿尔弗雷多·格拉维纳[②]谈起的第一个话题。我与阿尔弗雷多有许多共同话题，其中的两者尤其重要：文学和塔夸伦博[③]，尽管他来自省

[①] 在乌拉圭，人们习惯用"vos"指代人称代词"你"；而"che"则在口语中用于打招呼，唤起对方注意，类似于"喂""嘿"。

[②] Alfredo Gravina（1913—1995），乌拉圭作家和记者。

[③] Tacuaremb，乌拉圭十九省之一，位于乌拉圭中北部。

会城市，而我则是帕索德罗斯托罗斯①人。

"噢，那一晚。"他把眼珠往上翻。我一直都觉得沉着得让人难以仿效的阿尔弗雷多（他的第二个名字是但丁，但我从不敢取笑他，因为我的第三个名字是哈姆雷特）像是从切萨雷·扎瓦蒂尼②编剧的维多里奥·狄西嘉③电影里走出来的人物。啊，但当他把眼珠往上翻的时候，和托托④一模一样。

"噢，那天晚上，我们几个乌拉圭移民聚在一起聊天喝酒。公民投票？我们都以为那将会是场骗局。"一道微笑在他满脸的皱纹之间绽放并扩散开来，不了解他的人会以为他在嘲讽旁人，但我们这些朋友却明白他是在嘲笑自己。要明白，那并不是自我批评，而是嘲笑自己。两者间有细微的差别，不是吗？

"我们开始唱探戈，古老的探戈，也许是怀念过去的一种方式。但有一位更现实的女同志（通常女人都更现实），一直把耳朵贴在短波电台旁。于是，当时的场景是这样的：我们唱着加德尔⑤，而她却听着 BBC。突然间，她从椅子上跳了起来：'否决赢了！否决以超过百分之六十的票数赢了！'于是我们立即把可怜的加德尔抛在一边，将耳朵贴在 BBC 旁，确认了这个大好消息。"

---

① Paso de los Toros，塔夸伦博省第二大城市。

② Cesare Zavattini（1902—1989），意大利电影编剧。

③ Vittorio De Sica（1902—1974），意大利导演和演员。

④ Totò（1898—1967），意大利喜剧演员。

⑤ Carlos Gardel（1890—1935），歌手、作曲家、演员，也是探戈史上的翘楚。

在同一个 11 月 30 日，身处马略卡岛 ① 的我也是通过 BBC 得知那个消息的；在那之前，我从未觉得当地使用的那种精确干净的、将瓜达拉哈拉和乌斯怀亚混合的西班牙语是如此优美。

"我们拿着一面国旗走上街头，"阿尔弗雷多继续说道，"我根本不知道国旗是从哪儿弄来的。一定得把这个消息告诉每个人，好好庆祝一番。我们去敲同胞们的家门，但他们中的大多数根本没像我们那样需要在加德尔与 BBC 之间做出选择；他们直接上床睡觉了，因为星期一还得上班。许多人以为我们在开玩笑，但随后渐渐被说服，加入了我们的队伍，越来越激动，声音越来越沙哑。我们闹得太厉害了，警察不得不前来干预，眼前的喧闹让他们惊讶，因为在那个钟点的阿拉玛，人们要么在睡觉，要么在做爱。那是什么情况？发生什么了？最抢眼的是乌拉圭国旗；看见国旗，其他的也就容易理解了。警察只是让我们小声一点儿，但我觉得他们也不过是说说而已。事实上，庆祝一直到太阳出来时才结束。"

到最后，人们是什么样的感受？"很骄傲，che，很骄傲。"年迈的阿尔弗雷多总结道，他很消瘦，满脸皱纹，但依然挺立，昂首扩胸，就像在塔夸伦博时一样。

---

① Mallorca，西班牙巴利阿里群岛的最大岛屿，位于西地中海。

拉斐尔先生

（清除碎石）

　　很奇怪。我的儿子即将出狱，他可能这几天就会到这里来，我非常自然地看待这个消息，就像对待一个预感的必然结果似的。也许它是早已预见到的？有多少人，即使坐牢的时间远远短于圣地亚哥，会在某一天再也无法忍受痛苦、癌症或自身的过去而突然死去？又有多少人因为沮丧或无能为力而发疯？然而，我从一开始就知道他将会挨到出狱的那一天。也许是出于直觉，出于一位父亲的第六感。更奇怪的是，当格蕾西拉告诉我时，在得知消息的那一瞬间，我心里想着的不是他，不是我，不是我孙女，也不是这里等待着他的大麻烦。我心里只想着他的母亲，想着梅赛德斯。我想着她，仿佛她还活着似的，仿佛我最合理、最恰当的反应应该是奔跑着去告诉她这个消息似的，告诉她她很快就能拥抱他、揉捏他、抚摸他的脸颊、在他的肩膀哭泣，想对他做什么就做什么。于是我发现，尽管过了那么多年，尽管有今天的莉迪亚以及昨天、前天的其他女人，依然存在着一根私人纽带将我与梅赛德斯、与她的名字和回忆联系起来，她像通常一样穿着棕色的衣服；她恬静的目光，仿佛在目光深处永远都有一丝情感的暗示；她柔软但却可靠的双手；她充满个性、常常深不可测的微笑；她对圣地亚哥温柔的关怀。我有时候觉得（又一个疯狂的念头）她想要架起一道屏风，这样她就能在屏风后面与圣地亚哥聊天、抚摸圣地亚哥、凝视圣地亚哥，而不受全世界（包括我在内的全世界）带着好奇、尊重或疑心的打扰。然而，由于（理所当然地）无法架起屏风，她感到有些难过，并非大发牢骚，而是谨慎适度地，符合她一贯的风格。梅赛德斯不丑，也不漂亮。她有一张极具个性的面孔，非常迷人，绝不会与他人混淆，或是被遗忘。她的善良有些复杂，但却是真实的。此刻，在过去了那么久之后，当我完全坦诚地面对自己，我也有可能说不清自己到底爱上了她哪一点，甚至也无法确定自己是否曾经爱上过那个极度内敛的女人。我这样对自己说道，并随即感到这样说对她不公平。我当然曾经爱过她。只不过我不记得罢了。我们之间的交谈远远少于普通夫妻之间的交谈，但这毫不奇怪，因为我们也不是一对普通的夫妻。然而，那些为数不多的交谈也并非普通的交谈。她常常让我感到不安，但我从来都无法对她辱骂、大吼或指责。她常常表现出一副刚经历过海难、还未完全适应其幸存者身份的模样。对我而言，与她交流是一件很困难的事，但那为数不多的几次成功的交流，都是奇迹般甚至堪称神奇的交流。与梅赛德斯做爱，与其说是与一具肉体不如说是与一个概念在做爱，但在做爱后的她是如此温柔、如此战栗，于是，做爱的尾声比那个行为本身意味着更为紧密的联合。她只有在聆听美妙的音乐时才会重现那个类似于菲利皮诺·利皮[①]壁画中人物的表情。在我们结婚不到两年时，她在某次罕见的秘密吐露——那仿佛是她对我们（她和我）做出的让步——中对我说，要是能听着维瓦尔第[②]《四季》的某一乐章死去该有多好啊。在许多年后，确切说来，是在1958年6月17日，当正在看书的她在突然之间永远地睡着过去的那一刻，收音机（那时还没有唱片机）里正播放着《春》。圣地亚哥知道了这件事，也许正因如此，"春"那个字永远与他的生活联系在了一起。那个字是他的温度计，他的参照点，他的规范准则。尽管他只偶尔提过，但我知道，对他而言，在广义的世界以及在他个人的世界里发生的事被分为很春天、不太春天和完全不春天。我猜，最近这五年对他而言一点儿也不春天吧。而现在他就快出狱了。兴许我劝格蕾西拉不要把这个新情况在信里告诉他是个错误的决定？十二天后我就能知道答案。又或许得在六个月或六年后才能真正证实我的劝告究竟是

①　Filippino Lippi（1457—1504），意大利文艺复兴初期画家。

②　Vivaldi（1678—1741），意大利神父和巴洛克音乐作曲家，其最著名的作品为《四季》。

正确的还是愚蠢的。生活依然继续，就像庸俗的歌曲一而再再而三唱道的那样，就算没有明确唱出，也有过许多暗示。正因为庸俗的歌曲中这样唱道，我们这些有头脑的人才彻底反对那种伤感。然而，俗气中往往都包含着一小块现实的精髓。生活当然会继续，但不止有一种继续的方式。每个人都有自己的路线和方向。我知道（因为格蕾西拉惶惑地亲口告诉了我）安赫尔和克劳迪娅那对情侣之间清晰明了的故事（我觉得自己应该教过安赫尔）。对他们而言，生活朝着温柔动人的方向继续。哎，但那也不一定。他们的故事之所以温柔动人是因为事情的发生完全归咎于必然性，而并不存在任何内在的暴力。我相信圣地亚哥。尽管他十分爱戴仰慕他的母亲，但我认为他实际上更像我。我想象假如我面对这样的情况，会做什么，会是什么样的态度。正因如此，我才信任圣地亚哥。当然，我已经六十七岁了，而他只三十八岁。但他有小贝阿特丽丝，那个可爱的精灵一定会填满圣地亚哥的新生活。我一直没把这件事告诉任何人，但昨天晚上，我把它告诉了莉迪亚。她倾听我漫长的独白，一次也没打断过我。她有两种相互矛盾的感受（她后来告诉我）。一方面，她很享受被信任的感觉。我觉得从今晚起，她喃喃道，我们又走近了一步，我觉得我们现在是真正在一起了。也许是吧。但我的担忧也让她担忧。她沉默了一阵子。她一次次用手指把一绺漂亮的黑头发卷起来，又一次次把它松开，然后说道，让他们自己去面对吧，除非他们问你，否

则就让他们自己去面对吧，你会发现，生活不只像你说的那样
会继续，还会自行调整、自行适应。也许她说得有道理。这场
地震导致我们残疾，遍体鳞伤，身体的一部分被挖空了，并且
失眠。我们再也无法变回之前的我们。变得更好或更糟，都由
每个人自己决定。我们在内心（有时候也在体外）经历一场暴
风雨、一场飓风，此刻的宁静包含着连根拔起的树木、坍塌的
房屋、没有天线的屋顶，以及碎石，许许多多的碎石。自然而
然地，我们需要重建：种植新的树木，但也许在苗圃里找不到
相同的枝芽或种子。修建新的房屋当然是好事，但建筑师应该
完全复制之前的设计图，还是应该重新考虑问题、修改设计、
将当下的需求都考虑进去？尽可能地清除碎石，因为有些在心
里和回忆里的碎石是无法被清除的。

在墙外

（系好安全带）

"系好安全带"的指示灯已熄灭，我保住了性命，空姐很漂亮/当她把橙汁端给我时，我看见她涂成低调的浅粉色的指甲修剪得十分十分整齐/我意识到我的贝雷帽引起了她的注意，但我至死也不会摘下它

五年两个月零四天，我还活着，哇噻！一千八百八十九个夜晚哪！

我真困啊，但却想要充分享受这伟大的改变/知道自己可以在听见大黄蜂发出的嗡嗡声的同时随心所欲地解开安全带，系上它，然后再次解开它/其他三百位乘客没人会像在下这般享受这只喷气大黄蜂

空姐递给我一份报纸，我问她能否再给我一份/她瞅了瞅我的贝雷帽，递过来两份报纸/噢，如今有中子弹了啊，监狱会依然存在，但却没了犯人，百万也会依然存在，但却没了

196

百万富翁／学校会依然存在，但却没了孩子，大炮也会依然存在，但却没了军官／哎，从汉堡发射的导弹可能会落在莫斯科，但返航却可能不会落在汉堡，而在俄克拉荷马州，改变，改变，改变

我真困啊，但却想要记起所有生活在那里的爱人们的面孔／幸存下来的爱人／阿尼巴尔不是个数字，埃斯特万不是个数字，鲁本也不是个数字／他们想要把我们变成数字，但没能得逞，我们拒绝变成物体／埃斯特万，兄弟啊，你还有一口气／你得帮帮其他快要没气的人／哎，可是谁又来帮你呢

有多少憎恶啊，但我却不想在憎恶中崩溃，不想在憎恶中迷失自我／在头几年我把它当作一株异国植物，每天给它浇水／后来我意识到不能这般朝拜它们，况且还有许多需要思考、计划、分析和执行的事／它们会自行枯萎，不是吗？

他们成功把安德雷斯弄疯了／也许他之所以发疯是因为他太过天真对人类抱有太多信心／所有的事都让他大吃一惊，他总以为事到如此就会结束了，他们不会如此残忍，但他们的确这么残忍／我要说服他们，于是他开始跟他们讲道理，而他们却撕破了他的嘴／他太过天真了，因此他疯了

通过邻座的手表，我发现自己睡了一个多钟头／现在我可以更好地思考了／我清醒多了，决定去洗手间／这种想去多少次洗手间就可以去多少次的自由是难以想象的／我第一次以自由人的身份撒的尿／干杯

右边那个男人一直在读《时代周刊》，左边是过道／我即将见到的世界的心情，世界的形成和形变将会是什么样／假如地球刚好在我出狱的时候爆炸了，那运气真是太糟了

我亲爱的小贝阿特丽丝，我们将好好庆祝一番／事实上，我不知道等待我的将会是什么／很明显，存在着某个问题，我知道有问题存在／在最近几封信里，格蕾西拉并不是通常那个她，我根本不需要通过字里行间去揣测／有时候我觉得她也许是病了，不愿意告诉我／或许生病的是女儿，但我根本不愿意去想它，噢，小贝阿特丽丝，我们将好好庆祝一番／甚至连老头儿都变得神秘兮兮的，我一开始以为是因为审查制度，但现在不这么想了

五年很漫长／格蕾西拉很有魅力，但流亡像一道裂缝，一天天加深／格蕾西拉很有魅力，我们有许多共同的过去，那很重要／我当然很爱她，我怎么可能不爱她，但这个有些疯狂的怀疑对爱情并没有好处，而且很有可能是我想多了

在我把埃米利奥的事告诉了老头儿后，他用代码回复了我／他很聪明，但也理所当然地有些晦涩，尽管我觉得他确实理解了我，我现在好多了，已经不会梦见与埃米利奥跳马背或抛石子了／阿尼巴尔常常跟我讲述关于埃米利奥的事，当然，他并不知道其中的细节／他亲身遭受过埃米利奥的拷打／他应该是个彻头彻尾的野兽

嗡嗡声真好听／女士们先生们，我正在飞行，空姐冲我微

笑，我也对她微笑／也许我的贝雷帽让她感到惊愕，但我至死也不会摘下它／老妈会怎么看待这一切／也许最好别让她看见，也别让她察觉到／她很少说话，但跟我却有很多话说／在她与老头儿之间有一片无主之地，但在某些情况下，他们会穿越那片土地，有时候是他，有时候则是她／老头儿总是有些困惑，那当然可以理解，但老妈会偷偷告诉我她是多么爱他／她总是要我保证绝不会说出去／可爱的老妈，我的老妈，我依然十分想念她

在经历了五年的冬天后，没人能将春天从我的手中夺走

春天就像一面镜子，但我的那一面有一个角破了／那是不可避免的，在经历了无比充实的五年后它不可能保持完整／但即便有一个角破了，镜子也依然可以用，春天也依然有用

精明无比的聂鲁达在一首诗里问道，现在，春天，请告诉我你有什么用，对谁有用，幸好我还记得／你什么用／我觉得是用来拯救落在任何一口深井里的人／那个词本身即是青春的仪式／对谁有用，好吧，依我拙见，你对生活有用／比如，我只需念出"春天"这个词，就会感到生命力、勇气和活力

在念出"春天"这个词的时候，我可能动了动嘴唇，因为右边那个人警觉地看了我一眼／可怜的人／我感觉他只会说"冬天"／而且我可能是在做祷告，依然有人在飞机上祷告

一个角破了／也许打碎它的是那个陌生的格蕾西拉，有距离感的格蕾西拉，但这一定是个疯狂的念头罢了，她肯定和小

贝阿特丽丝还有老头儿一起在机场等着我／一切都会正常地自然地重新开始，尽管春天的镜子有一个角破了，是的，一定有个角破了

一有机会，我就会给自己买一只手表

空姐把餐盘递给我，由于我显而易见的刚出狱的可怜状况，我只要了可口可乐，并非出自意识形态的让步，而是因为它是免费的／鸟蛤沙拉—牛排—糖水蜜桃／我的嘴里充满了难以置信的唾液／小勺子真漂亮，我真想把它占为己有，体验一次犯罪的感受

仔细想想，格蕾西拉在最后几封信里表现出的言简意赅和距离感也并没那么糟／我将再次拉近与她的距离／首先，我会亲吻她／我们曾多少次尖声争吵，对彼此大吼愚蠢难听的话，但突然之间，我们惊愕地对视，于是我走过去，亲吻她，世界恢复了秩序，或者更准确地说，世界处于美妙的失序之中／但即便如此，在她的嘴被我的嘴堵住的那好长一段时间内，她继续责怪着我什么，但声音渐渐变弱、变温柔，最后只剩下一道喃喃，终于她也开始亲吻我／其次，我会再次亲吻她／我已经五年没有感受过亲吻的滋味了／仅仅这一点就足以让任何人疯掉

对于曾经犯下的某个错误，五年两个月零四天这个代价也太大了／它几乎是我迄今生命的八分之一／我犯错，故我存在，犯错的圣奥古斯丁曾这样说道／我有时候会想，假如我是个工

人，而不是备受凌辱的第三产业的杰出代表，我的命运又会是什么模样 / 也许我依旧会坐牢 / 我敢肯定 / 但也许我会更加适应，比如在饮食方面 / 在机器方面不会，因为没人能适应机器 / 让我们看看，我的阶级意识与一位无产者的阶级意识有什么区别 / 毕竟我也是个工人，只不过存在着某种传统，某种家庭背景 / 阿尼巴尔是无产者，海梅也是 / 对军队而言，他们跟我们一样，都是数字 / 他们无法把两者区别开来 / 至少需要教会他们世界上存在着阿拉伯数字和罗马数字 / 我们为了平等而学习，并且真正获得了平等

当然，无产者通常都更为坚定，不允许自己被常常困扰我们的心理扭曲困扰 / 但在需要忠诚的时候，我们都能够做到 / 我说的是我想到的东西 / 他们也许更自然、更谦逊，相反，我们则会详细解释所要做出的牺牲，绞尽脑汁想出所有能够想到的原则 / 反复咀嚼保持沉默的所有光荣的理由 / 无产者不会把事情搞得这么复杂 / 他们忍受痛苦，句号 / 他们保持沉默，拜拜

必须得回去，但回去哪个国家，哪个乌拉圭，那里也有一个角破了，但却比完整的镜子更真实地反映现实 / 必须得回去，但回去哪个春天 / 无论它此刻是多么地多灾多难，我都想要重新获得我的春天 / 他们用干枯的树叶、电视里的雪花、满身大汗的圣诞老人、米特廖内①的学生、赢得的和未能赢得的世界

---

① 这里指 Dan Mitrione（1920—1970），美国联邦调查局特工。

杯以及欠发展的顾问来埋葬春天，但他们却不知道，在那一层层污秽下面，古老且崭新的春天依然在那里，也许它的一个角破了，但却有麦田和翁布树①、被禁的和被许可的探戈、聪明的同志、谢力托舞②、工会、羊群、造反、临时法规、草根委员会、难以管制的群众、银河、大学的自治、苦味的马黛茶、公民投票和足球场 / 必须得回去 / 理所当然地 / 破了一个角的乌拉圭会毫不虚荣地展示她的残肢，世界会倾听，会理解，会尊重

餐盘被收走了，此刻，我的膝盖有点儿疼 / 连膝盖疼都变成了一件好事，可见我是多么高兴

格蕾西拉的双腿，格蕾西拉的大腿，格蕾西拉的小森林

我爱的人此刻正在那里做些什么呢

让人昏昏欲睡的嗡嗡声继续响着，读《时代周刊》的男人在我的肩头睡着了 / 我觉得自己配得上更好的运气 / 幸好他右侧的那个女孩及时地大声打了个喷嚏 / 邻座的男人惊醒过来，坐直身子，低声说"sorry" / 他的《时代周刊》掉到了我这边，我把杂志还给他 / 在监狱里我们可以读 *Claudia*③，他们真仁慈啊，我不知道红十字会在抱怨什么 / 我应该睡会儿，但愿我不会把头靠在邻座瘦骨嶙峋的肩膀上

① 翁布树，生长于阿根廷东北、乌拉圭、巴西南部和巴拉圭的树木。
② cielito，一种源自潘帕斯草原（阿根廷）的传统舞蹈。
③ 发行于 60 年代的阿根廷现代女性杂志。

我做不到 / 我现在睡不着 / 问题在于贝雷帽有点儿痒，但我发誓绝不会把它摘下来

得像新生儿一样从零开始，我就是新生儿 / 从贝雷帽下探出头来的勇敢的发楂就像新生儿一样

让我们来看看，我想要拥有什么 / 坦白的时刻到了 / 当务之急是一只手表 / 其次是一支能写的笔 / 然后是（真是羞愧！）一套包括桌网在内的整套乒乓球装备 / 过去在索利斯的时候我们常常打乒乓球，与西尔维奥、马诺洛，还有玛利亚·德·卡门（矮乎乎的她打得真好）/ 她总是用中国运动员的握拍方式，把球旋得难以应接 / 罗朗多不打 / 罗朗多带着一副自作聪明的表情在一旁观看，总是说着同样的话 /che，我真不明白那么愚蠢辩证的人怎么会如此认真地对待那个赛璐珞做的玩意儿 / 西尔维奥在发球的间隙提醒他，你看，毛可是乒乓球冠军哪 / 正因如此，我永远不可能成为毛泽东主义者，罗朗多说 / 别分——散——我的注意力，玛利亚大声喊道，打乒乓球和下象棋一样，需要集中注意力 / 和下象棋一样，也和体外排精一样，罗朗多一边说道，一边口吐烟雾 / 下流，真是下流，她再次尖叫，别——分——散——我的注意力，瘦子都领先我五分了 / 但西尔维奥和我从来都无法以超过 21 比 19 的比分赢下她

我也想要说话、倾听、说话和倾听 / 而不再是与阿尼巴尔或埃斯特万进行的那些断断续续的对话，有时候那些对话持续两个月之久，被分为四场，每场半小时 / 每半个月在放风时进

行的为时三十分钟的谈话

罗朗多是个很棒的家伙／凭借探戈和身边的女孩，总是到处游荡，直到开始参与政治，或者更准确地说，直到我们唤醒他的政治觉悟，但他却忠心耿耿／顽固不化的王老五，他这样自诩／谁知道他是否依然保持着不败的战绩／他迟早会倒下，迟早会倒下／该怎么形容他呢／优雅的流氓无产阶级／疯狂的绅士／马诺洛说他是位落难的公爵，于是我们都叫他公爵，他有时候会装腔作势地点苦苣沙拉，因此西尔维奥把他的头衔补充完整，从此他就变成了苦苣公爵／他很喜欢那个名字／有一次他在埃尔恰哈①被介绍给一位挪威外交官的新婚妻子，他吻了吻对方，尽管穿着破烂的短裤和布鞋，却十分礼貌地喃喃道，夫人，苦苣公爵十分乐意为您效劳，当然，那位可怜的斯堪的纳维亚夫人一定以为他说的是外星语

膝盖依旧有点儿疼／肯定又是风湿／但现在我可以做运动了，在住过了六平方米的牢房后，任何猪圈对我而言都像宫殿一般

我很高兴／不知道是否看得出来，但我很高兴／但愿看不出来／右边那位一定以为我是强盗是空中抢劫犯／我是在地面工作的，先生，我是在地面工作的／真奇怪，唯一过时的强盗是海盗／海盗桑德坎②的组织与合伙人

---

① El Chajá，乌拉圭东部地名。

② 19世纪意大利海盗小说中的主角。

天哪，朋友们！/ 西尔维奥是再也见不到了，但我会找到罗朗多和马诺洛的 / 嗯，公爵好像是在墨西哥 / 太棒了 / 马诺洛在哥德堡 / 他和蒂塔分开了 / 很有可能不是任何一方的错误 / 不能怨他们 / 都怪这场把我们摔得人仰马翻的地震 / 而且流亡也将人压扁榨干 / 流亡也是一台酷刑机器 / 你不得不把所有的挫败和痛苦都归咎在某个人头上，当然，遭殃的通常都是身边的人，最亲密的那个人 / 我希望格蕾西拉和我

我也想要看海

在经历了所有这一切，出狱后的我比刚进去时的我要好一些，那第一个星期啊！/ 好了，够了够了够了，我还是那个我，同时我也变成了另一个我 / 另一个我更好，我喜欢自己变成的另一个我

春天还没有到来，还摸不到它 / 春天不会在明天到来，但也许后天会来 / 即便是里根[1]的中子弹和犟脾气也无法阻止春天在后天到来

腋臭不是我的

深入的思考 / 当下的拉美联盟受到两股力量的驱动 / 里根和字母"Z" / 从里奥格兰德[2]到火地岛[3]，我们都排斥那个蠢

①　Ronald Reagan（1911—2004），美国政治家，第 40 任美国总统。

②　Río Grande，阿根廷县份，位于南部火地省。

③　Tierra del Fuego，南美洲最南端的一个岛屿群。

货，并拒绝发"Z"的音①/所以说，我们并不是抵制他，而是抵斥他

啊，但另一个联盟，那个并非玩笑的联盟/当然，监狱与监狱团结起来，消除所有的缝隙/但那并不能成为理想的公式/我这么觉得

有时候我感到恐惧，为什么要否认这一点/我不得不压制住那恐惧的号叫/不是一个恐惧，而是许多许多个恐惧/蔑视自己的恐惧，宁愿去死的恐惧，害怕失去全世界的恐惧/失去世界，也失去勇气/对堕落的恐惧/有那么多恐惧真是可怕，但更可怕的是不得不压制住内心的号叫

接着，恐惧过去了，甚至都不敢相信曾与恐惧擦肩而过/在那之后，我能够感到自己是如此地勇敢和冷静/我的转变是如此巨大，甚至可以对他人的恐惧和不得不压制住的内心的号叫产生某种轻蔑感/那个人一旦压制住内心的号叫，就可以战胜那个糟糕的时刻，从而感到勇敢和冷静，甚至可以对他人正在经历的恐惧和正在压制的号叫产生某种轻蔑感，等等等等，周而复始

恐惧是最可怕的深渊，你只能拽着自身的头发把自己往上拉/你会渐渐学会消除对恐惧的恐惧/非常缓慢的过程/当你面对恐惧时，恐惧就会逃走

涂浅粉色指甲的空姐递送耳机给想要看电影的乘客/但那

---

① 指拉美一些国家不会发西语中"z"的音，而会把它发成"s"的音。

并不是航班包含的服务 / 耳机要两块半美金，我一贫如洗，我身无分文，都是一回事 / 我对她说不用，仿佛我只想睡觉似的 / 也许是的

悲哀也很可怕 / 不仅是自身的悲哀，还有他人的悲哀 / 比如，当高大壮实的室友在夜晚牢房永恒的黑暗中突然颤抖并开始抽泣时，该怎么办 / 谁知道他想起了什么，思念着什么，惋惜着什么，忍受着什么 / 兄弟的抽泣就像持续不停、无法躲避的毛毛雨一样，将你一点点浸湿 / 一旦你的骨头也被浸湿后，你自身的悲哀就会一个一个被唤醒 / 悲哀就像公鸡一样 / 一只开始鸣叫，另一只马上效仿 / 只有在那个时候，你才会意识到悲哀的收藏是多么丰富，甚至还有重复出现的情况

是一部关于钢琴师的电影 / 应该是一场国际青年音乐家的比赛 / 在没有声音的情况下，那并不像音乐，而像体操 / 而且两个人都是钢琴师 / 一丝不苟的女孩和不修边幅的男孩 / 在电影的前一半掌控局面的是她，他们给对方一丝不苟的吻，但主宰后一半的是他，于是他们给对方不修边幅的吻 / 而我已经有五年时间既没有过一丝不苟的吻也没有过不修边幅的吻了 / 肯定是一部美国电影，但参加比赛的女孩之一应当是苏联人，因为她总是在两个苏格兰血统的演员的陪伴下出现，那两个人以前老演纳粹，现在演苏联人，而且女孩的老师还公然申请政治庇护，尽管这也就意味着她得把对才华横溢的学生（受马克思列宁主义负面影响而成为扎着辫子的机器人的学生）深深的爱

意放在一边 / 结尾非常激烈，但胜利是属于西方基督教的键盘 /
钢琴　钢琴

　　沉默的音乐会让我困意十足 / 看见他们在小屏幕里敲击乐
器，而我却像木头一样什么也听不见，这幅场景真是不可思
议 / 没有比想要听见声音的人更耳聋的聋子

　　还有死亡的念头 / 它来了又走 / 有时候会和恐惧同时发生，
有时候不会 / 就我而言，它们通常不会同时发生 / 归根到底，
痛苦带来的恐惧胜过死亡 / 甚至可以把死亡看作最权威的镇痛
剂，但总是有一小块春天对镇痛剂做出抵抗

　　我很想拿一个星期的时间，坐下来，和老头儿聊天 / 我想
跟他聊聊在过去几年没能聊过的一切 / 了解他在这段时间学会
了什么，也让他了解我学会了什么 / 我们在很多方面的看法不
一致，但了解这些差别也是缩小它们的方式之一

　　在这五年中，最让人鼓舞的是太阳

　　童年、中学、学生斗争、工作和薪资是多么遥远啊 / 仿佛
是属于另一个人的东西 / 有时候我甚至可以记起它们的细节，
但仿佛是在某个起雾的夜从别人那里听来的

　　是在布宜诺斯艾利斯，那时候小贝阿特丽丝还没有出生，
是在布宜诺斯艾利斯，格蕾西拉对我说，我无法想象没有你的
生活 / 那是某个雨天的傍晚，当一大群阿根廷人从电影院拥出
来，我们俩撑着唯一一把雨伞，紧紧依偎在一起，走在拉瓦列
街上

对我而言，上帝存在的唯一证据是格蕾西拉的大腿

许多人在监狱里写起诗来 / 我没有 / 我唱起探戈来，把声音放得很低，安静，安静，沉默地歌唱，唱得真好，完全没有走音

为了不背叛、不放弃，必须得筑起一道栅栏，并且明白，即使痛苦、即使恐惧、即使呕吐，也要誓死守卫那道栅栏 / 谢谢你，约翰·福特①

当一个拥有自由的人忧虑不安时，会突然感受到假想的疼痛，并以为它是真实的 / 在监狱里又是另一回事 / 当感到真实的疼痛时需要把它想成是虚构的 / 有时候有用

在外面，想要感到团结，需要聚集一千个人，募捐、声讨和人权 / 相反，在里面，团结则可能是半片饼干的大小

当班长或士官透过小孔监视我们时，我从不会醒来，我对他们毫不在意 / 只有在两点以后轮到军官窥视时我才会一下子惊醒

假如到了机场，发现没人来接我 / 别，千万别那样 / 重新来过 / 让我们想象，格蕾西拉、老头儿和小贝阿特丽丝会在那里

打一场排球或足球比赛与建立王朝或发现万有引力定律同样重要

----

① John Ford（1894—1973），美国电影导演，此处暗指的应该是他 1948 年的电影《要塞风云》。

我总共被隔离了二十天 / 从那里（或者说从那个著名的岛屿）出来的人，要么发疯，要么变得更坚强 / 我变得更坚强了，但糟糕的是我并没有找到方法

空姐如此安静地在熟睡的乘客之间走过，以至于几乎所有人都醒来了，人们说着抱歉，偷偷低头看了眼拉链 / 在有些国家被叫作襟门，但应该是门的一种变形

坐在我右侧男人右侧的那个女孩睡得花枝招展，一把叉子从她漂亮外套的口袋里探出半个头来 / 一名刑事犯

飞机开始颠簸 / 系好安全带 / 大家都醒了过来 / 睡得花枝招展的女孩坐好身子，迅速把叉子藏好

我的胃也在颠簸，但我依然很高兴 / 这不是呕吐的时刻，也不是呕吐的场合 / 我的胃爬到喉咙的高度，它俩彼此问候，你好吗，你好吗 / 告别同样让人感动

出于众所周知的原因，从没有人来探望我 / 这很糟，但也没有太糟 / 当有人来探望你时，你会焦虑一整个星期 / 你努力不犯错误、不受惩罚，但却徒劳 / 你期待着瞥一眼家人，仿佛那一瞥充满了魔力似的——有时候的确如此 / 相反，当没有人来探监时，你对任何惩罚都无所谓 / 你感到自己孤独得可怜，但同时也更自由一些，更不像犯人一些

在我九岁的时候，差不多是小贝阿特丽丝现在的年龄，假期对我而言意味着两件好事 / 其一是在午睡时间屁股冰凉地坐在大理石楼梯上，如饥似渴地读书 / 我就是那样读完了凡尔

210

纳①、萨尔加里②甚至《泰山》系列的／事实上，我们在学校里用的暗号是"kagoda"③／另一件事是去叔叔家在海边的小房子／从九岁到十四岁，我每年夏天都去那里／没有别的孩子，因此我不得不自个儿玩儿，常常跑到河边去／我在一封写给格蕾西拉的信里曾提到过（或许是一封计划中的信，又或许只是我一个人的独白）自己常常划船划到河中央去，但在别的时候我会待在岸边，或躺在大树（至少那些树木在我看来巨大无比）下面，所有的一切都让我感到十分新奇：石头、蘑菇、木虱，还有两只肮脏的狗，它们有一次在我面前私通，尽管我完全没意识到它们正在进行的运动的含义，它们带着顺从可怜的表情紧紧连在一起／我感到自己处于宇宙的正中心，想要了解每片树皮、每只蜈蚣、每只山雀的秘密，我一动不动，因为我知道我只要保持不动就有可能发现那个迷你丛林的真正奥秘／有意思的是，我从未想过大声呼喊"kagoda"，因为我知道泰山的最后通牒在那里并不管用，没人明白它的意思，也没人会被那声警告影响／在那个现实中，某个清晨出现了一个奇怪的人，尽管我在后来意识到他比我更有权出现在那道风景之中／那是个男孩，但他光着脚，衣衫褴褛／他的面孔、大腿和手臂上有

---

① Verne（1828—1905），法国小说家、剧作家、诗人，现代科幻小说的重要开创者之一。

② Salgari（1862—1911），意大利作家、水手和记者。

③ Kagoda 为《泰山》中的词，意为"你认输了吗？"。

一层在我看来很常见的污垢 / 我有些惊恐，因为置身于幻想中的我并没有听见他走近的声音，也许我以为树枝间发出的声响来自那两只常在附近游荡的野狗，他见我吓了一跳，于是笑了笑，不好意思地微微笑了笑，然后在我面前的一根树干上坐了下来 / 我说你好，他轻轻吁了一口气 / 他时不时地晃动脑袋或双手，赶走苍蝇 / 我问他是不是本地人，他再次吁了口气 / 我不知道该做什么或让他做什么，于是我决定捡起一块石头，用尽全身力量把它朝河里扔去，石头落在了岸边的小船旁 / 他再次微笑，又吁了一口气，站起身来，也捡起一块石头，毫不费力地挥动身体一侧的手臂，把石头扔向河里，那块不起眼的鹅卵石不仅落在了令人难以置信的距离，而且还几乎不留涟漪地在水面跳了好几下，我感到内心充满了崇拜之情，我对他说，太棒了，我冲他鼓掌、微笑，不知做出了多少个动作，为了让他明白我是多么地惊讶，最后我对他说，你是冠军 / 他看着我，这次并没有吁气，第一次开口说了话 / 我不是什么冠军，因为这是我唯一一会做的事

就着那个田野的回忆和遥远的童年，此刻睡意终于来袭 / 让我来数数军人，看能不能睡着

"系好安全带"的指示灯再次亮起 / 好吧，好吧 / 我大概睡了有两个小时吧 / 糟糕的是我又一次梦见了埃米利奥

贝阿特丽丝

（机场）

　　机场是一个有许多出租车抵达的地方，有时候这里也充满了外国人和杂志。机场太冷了，所以常常设有一间药房，卖药给抵抗力弱的人。我从小抵抗力就很弱。人们在机场打的哈欠几乎与在学校打的哈欠一样多。机场里行李的重量通常都是二十公斤，因此完全可以把称重的秤给省掉。机场里没有蟑螂。我家里有，因为我家不是机场。足球运动员和国家总统常常在机场被拍到，他们的头发总是梳得很整齐，但斗牛士就很少被拍到，公牛就更少见了。也许是因为公牛喜欢乘火车旅行。我也非常喜欢。抵达机场的人们很喜欢拥抱。当你在机场洗手时，手会洗得更加干净，但手指肚也会有更多皱纹。我有个小伙伴，她喜欢偷机场的卫生纸，因为她说机场的纸更柔软。海关和手推行李车是机场最美的事物。在海关，你得打开行李，闭上嘴巴。空姐们结队走在一起，避免走丢了。空姐比学校的老师漂亮多了。空姐的丈夫叫作飞行员。当某一位乘客很晚才抵达机场时，警察会在他的护照上盖一个章，说明这个孩子迟到了。在有时会抵达机场的事物中，比如就有我爸爸。抵达机场的乘客通常都会给他们亲爱的女儿带礼物，但即将在明天抵达的我爸爸不会给我带礼物，因为他当了五年政治犯，而且我是个懂事的孩子。我们尤其会在爸爸即将抵达的时候前往机场。当机场罢工时，拦出租车去机场就会容易得多。有些机场除了出租车还有飞机。当出租车罢工时，飞机就无法降落。出租车是机场最重要的一部分。

另一个人

（现在让我们即兴发挥）

　　到了这个时候，罗朗多·阿苏埃罗已经不再追问自己了。他努力找到了一个答案，并且已彻底被那个答案说服。现在他只需前往机场，同时面对过去、现在和未来。也许格蕾西拉说得对，最好的办法是即兴发挥。当然了，是就一个确定的主题进行即兴发挥。但当圣地亚哥在抵达后拥抱她和小贝阿特丽丝（她们是支撑着他活下去的理由和非理由）时，他该做什么？该做什么？该把手往哪儿放？眼睛往哪儿看？当圣地亚哥拥抱拉斐尔，拉斐尔短促轻抚他的后颈（那是他那一代人的习惯动作）时，他该做什么？特别是当圣地亚哥拥抱他，对他说公爵你在这儿真好我在飞机上还想到了你我们得重新把那个老团体聚在一起你觉得怎么样时，他究竟该做什么？当他在拥抱时越过圣地亚哥的肩膀看向格蕾西拉时，她会是什么表情？然而，他相信最糟糕的时刻会在那之后到来，当格蕾西拉终于把事情告诉他时，刚抵达的他会开始回想机场的那一幕，会觉得自己多么愚蠢，会鄙视自己，也鄙视我们，因为除了他所有人都知道真相，他会在脑海中重放他在我面前给格蕾西拉的吻，以及在格蕾西拉面前给我的拥抱，他将很难从那个不过发生在几个小时前的瞬间里走出来。该如何说服他，并没有任何策划，一切都只是自然发生；让他明白，从某种意义而言，是他们七人过去的友谊滋养了他们之间的感情并最终让他们相爱。因为这是爱，圣地亚哥，而不是一夜风流，这是好事，也是坏事，罗朗多心想，这一点到头来从人道角度为我和格蕾西拉开脱，但同时也让圣地亚哥变成了一个彻底的失败者。彻底的？一个合乎逻辑的问题是，他会就此认输还是放手一搏，会接受明摆的事实还是会打出一张聪明牌，冷静地对格蕾西拉说，今天我们什么决定也别做，你得明白我才抵达这里，刚从监狱里出来，我不只需要习惯这个新状况，也得适应整个世界，最好是坐下来谈一谈，不是我们三个，而是我们俩，我们俩一起四手联弹了那么多的过去，既然此刻全世界的时间都摆在我们面前，我们又为什么要急着做决定呢，在解决这些事情之前，先让我享受享受和小贝阿特丽丝在一起的时光，让我和她促膝长谈一番，别担心，我不会和她谈论这个话题，我最不希望看到的就是你在她面前的形象被毁坏，我也会和罗朗多谈一谈，但那是后话了，现在的一切都让我觉得不可思议，每一分钟我都以为自己是在飞机上睡着了，马上又会惊醒。很明显，他很有可能这样做，我对他太了解了，当他决定要保持冷静时，一般都能够成功做到，而且就当下这个情况，他不能失去的不只是冷静，还有妻子。罗朗多心想，要是自己处在圣地亚哥的位置，也会这么做的。此刻，他抓起一簇鬓角，弯起眉毛。他希望这一切能够尽快结束。事实上，需要做出最终决定的人是格蕾西拉，因为站在一侧的圣地亚哥和站在另一侧的他都希望能和她在一起，和她睡觉，一起生活。也许在这一点上，他，罗朗多·阿苏埃罗，比圣地亚哥占有微弱的优势，因为他明白，就身体的语义而言，格蕾西拉与他非常能够相互理解，而且在最近这段日子，格蕾西拉常常给予他一种温柔的安全感——不，是一种凶猛的安全感，让他确定她会继续与他而不是与圣地亚哥一起生活。但对方的优势可以被称作小贝阿特丽丝，因为取决于事情的发展和格蕾西拉的决定，圣地亚哥可能会想要把贝阿特丽丝带走，那么他就不太确定母爱如天的格蕾西拉是否会就此罢休，任他把孩子带走，况且孩子理所当然地会对坐了五年牢的父亲着迷，他对她而言将是个完全新奇的事物。好吧，罗朗多·阿苏埃罗在去机场的路上对自己说，那也许是一个虽不理想但却至少合理的情形？圣地亚哥从如此勉强的关系中究竟能够获得什么实质性的好处？在那敲诈性的关系里，孩子不过是个人质。当然，他并不喜欢那个词，他承认那个词是对圣地亚哥的不尊重，于是在心里决定将那个词从等式中抹去。但人类是多么地难以捉摸啊。也许圣地亚哥宁愿与格蕾西拉维持一段糟糕的关系，也不愿让她睡到另一个人的床上去，即使"另一个人"是她的灵魂伴侣——也许正因如此，这个细节才并非无足轻重。好了，机场终于到了，罗朗多在走下大巴的时候完全沉浸于思绪之中，差点儿摔了一跤。

在墙外

（Arrivals–Arrivées–Llegadas[①]）

陌生，走在这地面上让我感到陌生 / 幸好下雨了 / 雨让所有事物都变得相同，雨伞成为了人性的共同特征 / 至少是受庇护的人性

我感到陌生，但它会过去的 / 没人会因为感到陌生而死，尽管的确有人因疏离而死，太多的事情聚在了一起 / 消息 / 告别在那里的人 / 烦琐的手续 / 倒数第二个官员得意洋洋的表情 / 卡拉斯科[②] / 没有人送行的离别 / 旅途，漫长的旅途，充满了梦、疑虑与计划的旅途 / 对了，还有食物 / 在吃了五年恶心的伙食后怎么能够不感到惊慌失措

长时间查看文件的官员 / 事实上，四分钟可以像永恒那么漫长 / 请您摘下贝雷帽，然后仔细地与照片对比 / 依旧严肃，

---

① 三个词分别为英语、法语和西班牙语中的"到达，抵达"之意。

② 指蒙得维的亚卡拉斯科机场。

但很老练，噢，又一个／是的，又一个／我也很老练／直到那一刻，他才露出了笑容，严厉的面孔变成了一张爱搞怪的印第安人的脸／朋友，祝您好运／他对我说，朋友，祝您好运

现在我得等待行李／我的行李，我可怜的行李，会不会抵达／等行李会花上很长时间／所有等待的人们／玻璃后面的许多个脑袋／要是能看见他们、找到他们，该多好啊

但他们的确在那儿／是他们，当然是他们／东岸人，无祖国，毋宁死！[①]／全世界劳动者，联合起来！[②]／Eureka[③]／天蓝旗[④]只有一面／fiat lux[⑤]／nosce te ipsum[⑥]／祖国还是死亡，我们将会战胜／奋斗的人们万岁／去他妈的，我真高兴！

格蕾西拉和老头儿和那个可爱的小东西，那一定是我的孩子／美丽的格蕾西拉／想到她是我的妻子／小贝阿特丽丝，我们将好好庆祝一番／而另一个举起手臂的人？／噢，那是公爵／那是苦苣公爵本尊

马略卡岛帕尔马，1980年10月至1981年10月

---

① 乌拉圭国歌的第一句。

② 国际共产主义运动的著名口号，原文为："全世界无产者，联合起来！"1888年由恩格斯作序的英文版《共产党宣言》将当中的"无产者"改为"劳动者"。

③ 尤里卡，词义为"我发现了"，是源自希腊语用以表达发现某件事物、真相时的感叹词。

④ 指乌拉圭国旗。

⑤ 意为"要有光"，源自希伯来文。

⑥ 希腊格言，意为"认识你自己"。

译后记

我是在刚搬来马德里生活不到两年的时候第一次听说贝内德蒂这个名字的。

当时我与朋友合租一套公寓，朋友的一位朋友因居无定所也搬来暂住。他看起来五十多六十岁，皮肤黝黑，听说他曾经出过两三本书，写过诗和歌词，还当过战地摄影师。但我认识他的时候他过着穷困潦倒、寄人篱下的生活。

白天家里常常就我们俩，我学西语、看书，他有时候拿个大本子，写写画画，抽很多很多的烟。有时候累了就一起聊天，他讲了很多过去的事，同时也荐书给刚学西语不久的我。某天他提到一位他非常喜爱的乌拉圭作家：马里奥·贝内德蒂，并把带在身边的唯一一本贝内德蒂的书借给我读——《破角的春天》。我从此一发不可收拾地爱上了贝内德蒂的文字，又自己找来他许多别的书来读。

马里奥·贝内德蒂于 1920 年出生于乌拉圭塔夸伦博省的帕索德罗斯托罗斯（Paso de los Toros），父母是来自意大利的移民。在贝内德蒂两岁的时候，全家搬到省会塔夸伦博，后来又搬去了蒙得维的亚。由于家境贫寒，贝内德蒂只念过几年书，自十四岁起，他就靠打工谋生：售货员、收银员、速记员、会计……他在十九岁时前往布宜诺斯艾利斯，继续以各种杂工为生，但也是在那段时间，他发现了自己对诗歌的热爱。在返回蒙得维的亚后，他加入了当时极具权威的《前进》周刊（Marcha），那本反思和分析拉普拉塔河流域文化的杂志造就了乌拉圭三代知识分子，比如胡安·卡洛斯·奥内蒂和爱德华多·加莱亚诺等人。贝内德蒂在 1945 年出版了第一本诗集，并随后出版了一些长篇小说、短篇集和诗集，声名鹊起。

　　对贝内德蒂的个人生活和政治生涯而言，1960 年是具有重要意义的一年。他在美国住了五个月，公开加入了一个支持古巴革命的知识分子团体，并由此写作了第一部让他陷入危险的文本——《稻草尾巴的国家》，该书描写了乌拉圭经济、政治和道德的没落。从那之后，贝内德蒂更加踊跃地参与政治，甚至是军事活动。由他领导的左翼政党"三月二十六日运动"（Movimiento 26 de Marzo）在后来融入了"广泛阵线"的政党联盟。在 1973 年 7 月 27 日，军人发动政变，开始黑暗的独裁统治，使乌拉圭成为全世界政治犯人口密度最高的国家。贝内德蒂辞去在大学的工作，离开乌拉圭，开始长达十二年的流亡生活，辗转于阿根廷、秘鲁、古巴和西班牙，并因此创造了那个由他命名的概念：去流亡化——无论是在他的生活中还是在他的文学中，这一概念都留下了深刻的印记。

在整个流亡生涯中，贝内德蒂写成了《破角的春天》，以及其他两部短篇集和四部诗集。所有作品都关乎同一个主题：流亡。

《破角的春天》的创作始于乌拉圭公投前一个月，那时候的贝内德蒂已经接受并且内化了流亡的经历，也正因如此，他能够以一种更坚定且持久的方式来探讨这一主题。在这本书里，他以流亡者的身份，也就是他的"真实身份"，站在一个新的空间，对过去的回忆与遗忘进行辩证，以及重建。它既关乎故乡的过去——继续履行对过去的承诺和义务，同时也涉及与新地方展开对话，完成文化的移植与渗透。

故事的主角分为两类：真实的和虚构的。斜体的"流亡"章节由作者及其他人的真实流亡经历组成；其他章节的叙述者则是圣地亚哥、格蕾西拉、拉斐尔、贝阿特丽丝和罗朗多这些虚构的人物。全书采用了多种写作形式：叙事、书信、内心独白、诗歌和对话，字里行间透露出小说中不曾描绘的事实：监狱里的拷打刑罚，家庭成员的内疚感，以及将乌拉圭拖入暴力与沉默的历史事件。

圣地亚哥以第一人称描述自己内心的流亡，而父亲拉斐尔的自白则与从狱中（经过审查后）寄来的圣地亚哥的信件相映成趣，他们的交流在严格的审查制度下既内省，又被联系了起来。唯一不同的是，拉斐尔在同样经历着内心的流亡的同时，也经历着现实生活中外部的流亡。他除了对在狱中的儿子感到内疚，要照顾一起流亡国外的儿媳和孙女之外，同时还需要面对在异国他乡的新生活、新感情以及新语言的挑战。正如他以积极的心态"深入探索那个叫莉迪亚的国家"但同时又坦承"有太多的话题只能与同胞才能开诚布公地聊得尽兴"，他对于流亡国的语言同样持保留的态度——"我已经开始欣赏（当然，我不会真正使用）当地的习惯用语了"。在拉斐尔身上，可以看到贝内德蒂的影子。拉斐尔跟贝内德蒂一样，在长时间没有进行创作后又"感到了"，或者说"产生了"写作的欲望和需求。他们俩都认为，写作是面对流亡、建造个人与国家的认同的媒介，而小说中连接虚构与证据的桥梁也是重建一个新的祖国所必需的。

贝内德蒂睿智又机灵的语言在这本书里体现得淋漓尽致。行文中跳跃着双重语调：有时严肃，有时幽默。作者在沉重悲哀的主题叙事中用文字游戏和嘲讽的语气让人不禁莞尔。尤其是贝阿特丽丝的章节，小女孩以文字游戏学习"政治犯""自由""祖国""赦免"等本不应属于她所处的世界的词语，用天真的方式逐渐认知这个破碎且混淆的世界。由于西班牙语与汉语所属体系的不同，很多巧妙的文字游戏无法在译文中得以体现，在翻译的过程中，我常常为作者出神入化的表达而惊叹，又为自己无法将那一表达的精髓完整重现而沮丧。只能以注释的方式做出解释，希望读者可以借此体会到原文的巧夺天工。

说回那个最初介绍我阅读贝内德蒂的朋友。

印象中后来某天他接到一通电话，兴高采烈地告诉我们他的某个中篇刚刚获得了阿根廷某文学奖。我们都很高兴，开了香槟一起庆祝。再后来，他说他要去乌拉圭生活了。他跟我说过不止一次，想要去乌拉圭，那里天气好，适合他。于是他买了机票，据说准备去蒙得维的亚的一间书店工作。再后来渐渐就没了他的消息。时光流逝，过了大半年，听朋友说他回到了马德里。又过了几个月，听说他被诊断出肺癌晚期。再后来，就是他去世的消息。

我和他不过是在同一个屋檐下萍水相逢了几个月，但得知他去世时依然十分难受。也许有人会质疑他的生活——被大多数人认为是"失败的生活"，但我仍以为，能像他那样纯粹地活在自己的精神世界里，活在文字、文学和影像里，也算得上轰轰烈烈。他在年过半百时准备彻底离开故乡前往另一个国家生活，对他而言，又何尝不是一种精神上的流亡。当他向我描述蒙得维的亚明媚和煦的生活时，我在他天真勇敢的表情中看见过一束光亮。

因此，去年，当编辑说打算引进贝内德蒂的书，想请我翻译《破角的春天》时，我感到了某种宿命的回归。

正如贝内德蒂试图通过这本书说服读者，也说服他自己的那样：即使经历了一切，即使春天已经变异了，破角了，但它也依然会在看似无止境的冬天过后来临。

欧阳石晓

2020 年 2 月

（京权）图字：01-2020-5042

图书在版编目（CIP）数据

破角的春天 / （乌拉圭）马里奥·贝内德蒂著；欧阳石晓译. —北京：作家出版社，2020.10

书名原文：Primavera con una esquina rota

ISBN 979-7-5212-1117-7

Ⅰ.①感… Ⅱ.①马… ②徐… Ⅲ.①长篇小说 – 乌拉圭 –现代 Ⅳ.①I782.45

中国版本图书馆CIP数据核字（2020）第170433号

Primavera con una esquina rota by Mario Benedetti
Copyright ©1982 by Mario Benedetti
This translation published by arrangement with Fundación Mario Benedetti,c/o
Schavelzon Graham Agencia Literaria
www.schavelzongraham.com
Simplified Chinese Edition Copyright ©2020 by The Writers Publishing House
All rights reserved.

破角的春天

作　　者：[乌拉圭] 马里奥·贝内德蒂
译　　者：欧阳石晓
责任编辑：赵　超
装帧设计：吴元瑛
出版发行：作家出版社有限公司
社　　址：北京农展馆南里10号　　　邮　　编：100125
电话传真：86-10-65067186（发行中心及邮购部）
　　　　　86-10-65004079（总编室）
E-mail:zuojia@zuojia.net.cn
http://www.zuojiachubanshe.com
印　　刷：北京通州皇家印刷厂
成品尺寸：130×185
字　　数：149千
印　　张：7.875
版　　次：2020年10月第1版
印　　次：2020年10月第1次印刷
ISBN　978-7-5212-1117-7
定　　价：45.00元